17
モンソー公園
サン・ラザール駅
8
凱旋門
ブーローニュの森
チュイルリー公園
16
エッフェル塔
7
6
15
モンパルナス駅
モンパルナス墓地

パリと私の物語

蛯原美和子　平澤みどり

本の泉社

パリと私の物語

はじめに

フランスには約3万の日本人が住んでいると言われています。その大多数がパリ。料理、ファッション、芸術と様々な分野でパリは私達を魅了してやみません。そういう私も、パリに魅せられた一人です。日本との間を行き来するようになって早10年。たくさんの出会いがあり体験もし、パリと私との物語を作ってきました。

さて、今回は様々な分野で活躍されている著名人に

〝パリと私の物語〟を綴って頂きました。渡仏のきっかけ、パリでの出会いや苦い思い出、パリでのライフスタイル、本当は教えたくないお勧めのレストランまで幅広く掲載しており、新しいパリを発見できる、そんな素敵な本が出来上がりました。これから夢を持って渡仏される方、旅行で訪れる方、さらには、現にフランスに住んでいる方々も含めて、数多くの人々に読んでいただける、これまでにない本になったと自負しております。

　この本を通じて〝パリとあなたの物語〟を作るきっかけになれば、こんなに嬉しいことありません。

蛯原美和子

もくじ

contents

topics

01

坂　茂

Shigeru Ban

© Didier Boy de la Tour

自分に厳しく、人には優しく…
世界を駆ける建築家

profile

1957年東京生まれ。1985年、東京に坂茂建築設計事務所設立。阪神・淡路大震災の起こった1995年以降、世界の被災地で継続して仮設建築に取り組む。2014年プリツカー賞を受賞。

体を気持ちよく包む服は、オートクチュールを手がけるお母さまの作品。

一流建築家、坂 茂が切るパリ

「自分しか出来ないものを作りだすこと」を心がけているという坂さん。

世界を股にかけて活躍する建築家の坂 茂さんは、高校を卒業して間もなくアメリカへ渡った。目的は、憧れの建築家ジョン・ヘイダックが教える大学、クーパー・ユニオンに留学すること。

アメリカでの学生時代にはパンナム（パン・アメリカン航空）の世界一周便を利用し、フランスをはじめヨーロッパ中でそれまでに勉強してきた建築を実際に見て歩いたという。

今では、現代の建築界をリードするひとりである坂さんに、世界の目が注がれている。

フィールドは、全世界

ニューヨークにあるクーパー・ユニオンで学んだ坂さんが東京に

01. パリ事務所に勤めるスタッフは約 30 名。
02. 紙管を使ったオリジナルな建築の模型。

事務所を構えたのは１９８５年、28歳の時のこと。そして、早くもその翌年には、坂さんの建築の象徴ともいえる「紙管《しかん》」を使いはじめた。環境問題がクローズアップされることのなかった時代に、再利用が可能な素材にいち早く取り組んだのだ。

　それから約10年後、坂さんはジュネーブの国連難民高等弁務官事務所にいた。ルワンダ紛争で難民となった人たちのために、紙管を使ったシェルターを作る計画を実現するためだった。阪神・淡路大震災の際には、他の多くの建築家に先がけて仮設建築を造るボランティアを開始し、世界各地でその活動を継続している。２０１５年にも、地震の被害にあったネパールへ、そして２０１６年は熊本市やエクアドルの支援活動のために現地に飛んだ。

　そんな坂さんがパリに事務所を構えたのは２００４年のこと。芸術文化施設ポンピドゥ・センターの分館がフランス北東部の都市メッスに開館するにあたり、コンペティションを勝ち取ったのがきっかけだった。「日本人建築家が海外のコンペに勝つと現地の建築家を雇うのが通例ですが、それだとどうしても思ったような仕上がりにならないということを僕は知っていました」という坂さん。「自分自身が現場で戦わないと」という気持ちにかられて、パリに事務所を構えることにしたのだという。

　苦労を重ねて完成したメッスのポンピドゥ・センターは高く評価され、坂さんは建築家として世界に広くその名を知られることになった。「フランスは、世界で最も多くのチャンスをくれる国なん

02,03 : © Nicolas Grosmond

01. シテ・ミュージカル工事現場でスタッフと。
02. 2017 年の一般公開に向けて工事中。
03. セーヌ川に浮かぶ小島が文化施設になる。
04. ホールの外側は木の格子構造が包む。
05. 2 週間に 1 度は現場に訪れてチェックを。

です。フランス人は、ある建築家の仕事が好きだと思ったら、その人の国籍や実績を問わず、チャンスをくれます。これは、アメリカにも日本にも一切ないこと。アメリカでも日本でも、美術館を設計したこともない人に美術館のコンペをとらせないですよ」。

　現在手がけているのは、セーヌ川に浮かぶセガン島の「シテ・ミュージカル」。クラシック音楽ホール・多目的ホール、そしてレストランやショップを備えた約3万5千平方メートルもの空間作りを任されている。自身の思い描いた完成図を実現するために、2週に一度は現場に入って進行をチェックする。

　細部に目を配り、パートナーやスタッフと言葉を交わしながら現場を歩く姿からは、物づくりへの真摯な思いがにじむ。聞けば、「建築家」という言葉も知らない子どもの頃から、大工に憧れていたという。

　工事の過程ではフランスのゼネコンの理不尽さにうんざりすることもあるというが、「音楽ホールを手がけるのも初めて。こんなチャンスをくれるのは、この国だけですよ」と、フランスへの感謝も忘れない。

美しく、そして汚いパリで

　フランスの芸術に対する姿勢を高く評価している坂さんだが、パリの街に対する評価は辛口だ。「こんな汚い街はないです。美しいけどこんなに汚い街はないです。道も、建物も。東京はきれいだけど美しくはない。〝美しい〟ものと〝きれい〟なものは違うんですよ」。

　確かに、実際にパリを訪れたことのある読者ならご存知のと

かつて自動車ルノーの工場があったパリ郊外のブーローニュ・ビヤンクルール市のセガン島。現在進行中のプロジェクト完成予定図。Ⓒ Shigeru Ban Architects Europe - Jean de Gastines Architects - MORPH

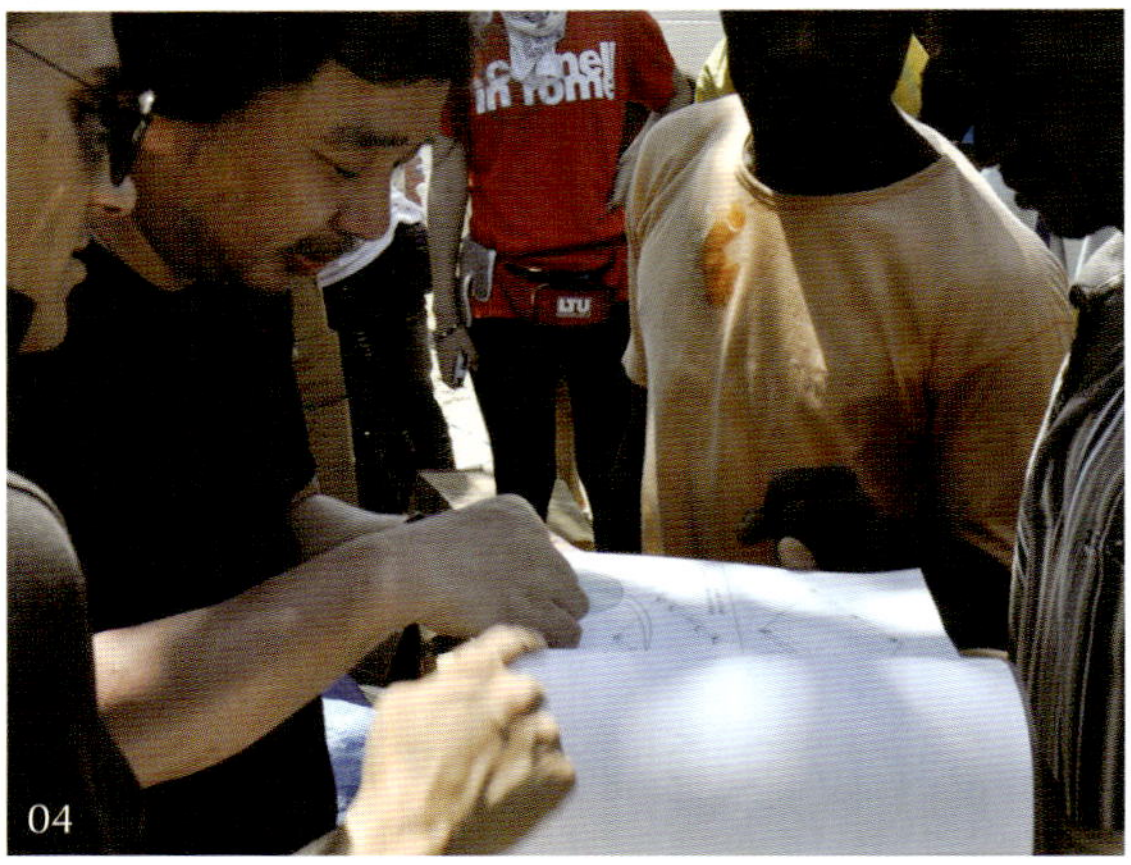

01：© Didier Boy de la Tour
03：© Takanobu Sakuma
02,04,05：© Shigeru Ban Architects

01 メッスのポンピドゥ・センター。／02. アイデアが詰まった坂さんのスケッチブック。／03. 阪神淡路大震災の際のペーパーログハウス。／04. 災害に見舞われた地に飛び、現地で自ら指導にあたる。／05. ルワンダの難民を救うシェルターの骨格づくり。

おり、パリはとても清潔とはいいがたい。坂さんは、パリの住民の態度にも憤慨している。「住んでる人たちが、道にゴミを捨てたり、犬の糞をそのままにしてるでしょ。彼らに聞くと、『私たちは移民を雇って掃除させるために税金を払ってるから権利がある』って平気で言う」。

　ひとりひとりの意識が、世界で一番美しいこの街を、汚くしてしまっている。「先進国のなかでこんなに汚い街はなくて、それは恥ずかしいことですよ」と、静かにさとす坂さん。美しいものを愛するがゆえに、心無い人々の言動にはよけいに敏感だ。

　しょっちゅう故障するエレベーターや、際限なく繰り返されるストライキなども、坂さんには理解できない。フランスというバカンス天国に暮らしながら、実は坂さんにはバカンスも週末もない。365日、休みなし。

2014年には多々の実績が認められ、建築家として最も栄誉あるプリツカー賞を受賞。今や、名実ともに一流の建築家として、各界から注目を浴びる人物だ。

それでも、坂さんは「僕はぜんぜんすごくないです」と繰り返す。「今はスタッフが育って、楽になってきています。僕なんか、まだまだ。自分しか出来ないものを作り出さないと」。坂さんは、人に優しい分、自分に厳しいように見える。

旅が日常に

あらゆる仕事の依頼が来る中、坂さんは建築家として世界のために出来ることを考え、それに黙々と取り組んでいる。その言動には、終始ぶれがない。

都市で存在感を放つモニュメントや個人邸宅をデザインする一方で、社会的弱者のためにその才能や時間を惜しみなく与えるのが坂さんという人なのだ。「歴史的に見て、建築家は財力を持った人や特権階級の人のために仕事をやってきています。お金も権力も目に見えないものだから、それを社会に知らしめるために立派な建築を造るわけです。それは、昔も今も変わらない僕らの仕事なんですよ」。坂さんは、そんな仕事を否定するわけではない。でも、いつしか「それだけでは空しい」と感じるようになったのだという。そして、「一般大衆や、もっと困っている自然災害で家を失った人たちのために、自分の持っている技能や経験を役立てたい」という思いからボランティアを始めた。

その活動を続けるモチベーションは、どこからわいてくるのだろう。「社会的な使命感もあるんですけど、仮設住宅を造っても、お金持ちの住宅を造っても、住んでくれる人の喜びは変わらないんですよ」と語る坂さん。人を喜ばせることが、坂さんの喜びなのだ。「設計料をもらっているかもらっていないかの違いはあるけれど、自分がその仕事のためにかけるエネルギーも、それによって得られる満足感も全然変わらないんです」とおだやかな口調で結んだ。

他の有名建築家のように自分の家も持つことなしに、坂さんはパリと東京にアパートを借りて、キャリーバッグひとつを引いて、身軽に世界を行き来する。そんな生活が、もう10年ほど続いているのだという。深夜近くまで続いた取材の翌朝も、日本へのフライトが控えていた。

スーパーマン坂さんを支える食のこと

「美味しいものを適度に食べるのが健康にはいちばん」という坂さん。その得意料理はメンチカツだそう。クライアントの家で天ぷらをあげることもあるし、事務所のクリスマスパーティーの時にはその料理の腕を披露する。

ワインには目がなくて、「造り手から話を聞くのは楽しい」「試飲ができるワインショップを見つけたんです」と、ワインのことを話すときは頬がゆるむ。が、近年注目されているビオ（オーガニック）ワインについては、「ビオでも美味しくなかったらしょうがない」と一言。大事なのは、あくまでも美味しいかどうかなのだ。

勢い、坂さんが繰り返し足を運ぶレストランは、食べものも飲みものも美味しいところに限られる。ミシュランの星があるとかないとかは、二の次だ。

例えば、坂さんが大切なゲストと訪れる「グウォンズ・ダイニング」という韓国料理店。丁寧に作られ、美しく盛られたキムチ餃子やちぢみは、どれもここでしか食べられない極上の味。「ここのおすすめは全部」という坂さんの言葉におもわずうなずく。

夜になるとひっそりとオープンするこの名店には、韓国人アーティスト李禹煥（リー・ウーファン）もやってくる。粋で世話好きなオーナーは、このふたりの巨匠のために宴をもうけ、ふたりが共に好きなワイン、シャトーヌフ・デュ・パップをふるまったという。

最後に、坂さんの多忙な生活を支えるとっておきの食品につい

01

02

03

04

05

01. レストラン裏にある緑があしらわれた一皿。／02. 野菜がひとつずつ盛られたちぢみ。／03. 辛みとうまみが絶妙の自家製キムチがたっぷり。／04. 夜の街に浮かびあがる、しっとりした店構え。／05. 坂さんおすすめのワインは、力強くもまろやか。

てこっそり紹介しよう。「僕が海外に行くとき、母はいつも梅干しを持たせるんですよ。ルワンダに行ったときに食あたりで40度くらいの高熱が出て、ひどい状況で何も食べられなくなった時、その梅干しを食べて救われたんです。それから、実は梅干しは嫌いなんですけど、毎日梅干しをひとつ食べるようにしてるんです」。

グルメの街と言われるパリで、目も舌も肥えた美食家の坂さんが毎日食べているものは、お母さまの心づくしの梅干しだった。

DATA

グウォンズ・ダイニング

GWON'S DINING

住所： 51 rue Cambronne 75015 Paris
電話番号：01 47 34 53 17
メトロ： Cambronne（6号線）
営業時間：毎日 19：00～22：00
（夜のみ営業）
予算：前菜 16～19ユーロ、
メイン 19～23ユーロ、
デザート 8～9ユーロ
☆オペラに新店出店予定

坂さんの他のおすすめレストラン

●ル・タクシー・ジョーヌ
Le Taxi Jaune

「事務所近くのビストロ。本日の一皿が変化に富むので、月に一度くらい行く」

住所：13 rue Chapon 75003 Paris
電話番号：01 42 76 00 40
メトロ：Rambuteau、Arts et Métiers
営業時間：12：00~15：00、20：30~22：30
定休日：土・日
http://restaurantletaxijaune.fr

01. 白身魚「タコー」に添えたクレッソンのソースが美しい。／02. 道と一体化したようなエントランス。向かいにはこだわりの食材店も。

●ルース・ブラン
L'Ours Blanc

「キッチン、サービス、お客が一体に、視覚的にもコミュニケーション的にも繋がる小さなお店。料理も創作性があり、値段もリーズナブル」

住所：8 rue Geoffroy l'Angevin 75004 Paris
電話番号：01 40 27 93 67
メトロ：Rambuteau
営業時間：水・木・金 12：00～23：00、
土 15：00～23：00、日 19：00～23：00
定休日：月・火
http://loursblancdumarais.com

01. ホロホロチョウにモリーユ茸を合わせて。／02. 席数は18と少ないので、予約をした方が安心。／03. 3週間毎に変わるメニューでいつ行っても新鮮。

topic 1

狙って選ぶ、こだわりワイン

フランスの食卓には欠かせないのがワインだ。「健康のため」を口実に、一日一杯、必ず口にする人も少なくない。ワインのうんちくを語るのが好きなフランス人ももちろんいるが、基本的には、家族や、気の合う友人たちとの楽しい食事の最高のパートナーだ。

食材を際立たせる究極のツール

日本でも有名な「ワインと食事のマリアージュ」。ワインと食材の調和を目指す、最高の食事法だ。

通常、食事のメニューとワインのメニューを渡され、自分の好みで注文するが、西英樹さん（P39参照）のNEIGE D'ETE（ネージュ・デテ）のように、最近のグルメ系レストランでは、ACCORD METS-VINS（料理とワインの相性）、というマリアージュメニューが主流になってきている。次々と運ばれてくるお皿毎に、厳選されたグラスワインがついてくる。

最高にこだわって作り上げられた一品に、最良に美味しくしてくれるワインが選ばれ、ワインと料理、作り手と飲み手の「一期一会」が演出される。

「食事と合うワイン」が飲みたいのは、レストランだけではない。自宅で、友人を招いてのディナーなどで

01. それぞれのワインの物語を知るのも、良い料理とのマリアージュを成功させる秘訣。／02. 試飲をさせてくれることもあるので、思い切って店員に話しかけてみよう。

も、是非実践したいものだ。

　そんな時に立ち寄りたいのが、ワインのセレクトショップＮＹＳＡ（ニサ）。２００６年の開店以来、今ではパリ市内・近郊外に15店舗を持つ人気店だ。

　食材別に分かりやすくディスプレイされているので、店員に話しかけるのが億劫な人にも最適。また、「恋人とディナー」「女子会」「ピクニック」「３度目のハーフタイム」「大事な発表の時」、などユニークなシーン別のセレクションもおもしろい。

　友人宅に招待された際、ワインを持参するのは暗黙のマナーだが、あくまでも礼儀として、だ。その晩↗

DATA

ニサ

NYSA

住 所：94 rue de Montorgueil 75002 Paris
電話番号：01 40 26 17 80
メトロ：Sentier
営業時間：月～木・日 10：30～14：00、16：00～21：00
金・土 10：30～21：00
http://nysa.fr

05

03. テーマ別にわかりやすくディスプレイされたワインボトル。
04. キャッチーなロゴが目を引く店頭。
05. 通常のワインショップと同様、生産地別の選び方もできる。
01～05: © NYSA

04

03

↙のうちに飲む、というのは、とりあえずは考えずに、贈り物としてのワイン選びを相談しよう。

スローライフに合うワイン

　温暖化が進む中、ワインのブドウ栽培でもその影響が出てきているという。なんとワインのアルコール度が上がってきているのだ。

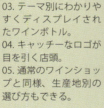

　今までと同じワインを作るには、今まで以上の手間暇をかけてのブドウ栽培を行っていかなくてはならず、その姿勢はローカルで質の良いものを、じっくり時間をかけて作るスローフードブームにつながる。
　スローフードの代表格は有機（オーガニック）農法で作られた食材であるが、こういったオーガニック製品をフランス語では「ビオ製品」と呼び、近年、人々の関心が高まっている。化学肥料の使用を排除し、環境への負担を可能な限り低減させ、安全で良質な素材の生産を目指すものだ。手間暇かけて育てられた食材は、地域 - テロワール - の語り手ともいえる存在になりつつある。

有機農法で作られたワインは「ビオワイン」と呼ばれるが、これはその技法から必然的に少量生産となるうえ、自然品ゆえ販売店との取り引きも、取り扱いも難しくなるため、少数でしか販売されない。しかし、この希少価値だからこそ、お土産にすると喜ばれるわけだ。

進化し続けるビオワイン

一番広く販売されているのは、「VIN BIO」（ビオワイン - 仏語ではヴァン・ビオ）という。これは、ワインの元となるブドウに有機栽培されたものを使っているのはもちろん、醸造過程においても、各認定↘

1

（右）フランスの政府機関が認定するビオ製品に用いることが許されるロゴ。（右から２番目）EUのビオ製品認定ロゴ。
（左）ビオディナミ農法で作られる作物の認証ラベル。（左から２番目）ビオディナミ農法のもと作られるワイン。
小規模なワイン製造者の作るビオワインには、ラベルをもたないものもあるので、店員やソムリエに相談して選ぼう。

↙機関が定めた厳しい要求事項をクリアしたものだ。

その一歩先で、更なるこだわりを見せているのが「VIN BIODYNAMIE」（ビオディナミ・ワイン - 仏語ではヴァン・ビオディナミ）だ。ビオディナミ・ワインとは、無農薬のぶどうを用いることはもちろん、その収穫から瓶詰にいたるまでの主な工程を手作業で行われて作られるものだ。また、ぶどうの潜在的な力を引き出すため、根と土、そして葉と空気との関係性をバイオダイナミック農法で活性化させる技法だ。土に牛の角を埋めたりと、エソテリックな要素が多いため、実際その技法がなにをもたらすのか科学的立証はされておらず、実際的効果について疑問視されることもあるが、

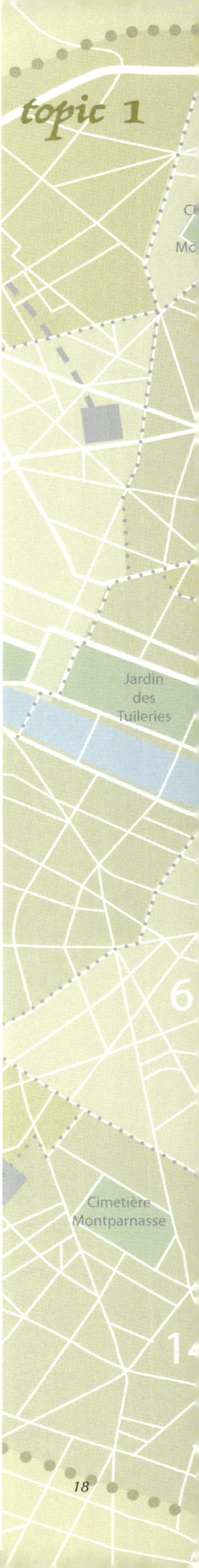

ビオディナミ・ワインのファンは増える一方だ。日本でも有名な高級ワイン、ロマネコンティも実はビオディナミ・ワイン。

そして、究極のビオ、自然ワインが「VIN NATURE」（ヴァン・ナチュール）だ。これは、素材はもちろんのこと、栽培、瓶詰、すべての工程を手作業で行い、さらには瓶詰の際にワインの酸化を防ぐために用いられる酸化硫黄を0、もしくは限りなく0に近い数値に抑える、という徹底したもの。酸味が多く、まだムラのある印象が強いが、年々改良され続けている。

坂さんのように、ビオワイン特有の酸味や、微《かす》かに残る炭酸が気になって、「ビオワインは美味しくない」と言う人はいまだに多いが、常に進化し続けるビオワインのファンは年々増え続け、中には「もうビオ以外は飲めない」という人もいるくらいだ。

04

01. 天井から自然光が入って来る心地良い店内。
02. 壁一面に並べられる自慢のビオワイン・セレクション。店でボトルだけ購入することもできる。
03. ホールから見渡せる厨房ではこだわりのスローフードが制作される。
04. ビオワインとよく合う香ばしいパンは、干し草を敷いた籠で供される。

01~04：© Jérome Galland

03

02

ビオワインもマリアージュ

パリでも圧倒的な種類のビオワインを誇るのが、2016年に一つ星をとったSATURNE（サチュルヌ）だ。分厚いワインメニューには国内外から集められた、職人の熱意が反映されるようなこだわりのビオワインばかり。ソムリエも、「ビオワインファンだからこそ、ここで勧めたいと思った」と言い、一つ一つのボトルにつめられた物語、作り手の顔、を教えてくれる。

メニューはコースのみ。お勧めはもちろん、「ローカル」で「オーガニック」な料理一品毎にビオワインがついてくる、マリアージュコースだ。

DATA

サチュルヌ

SATURNE

住 所：17 Rue Notre-Dame-des Victoires 75002 Paris
電話番号：01 42 60 31 90
メトロ：Bourse
営業時間：12：00～14：30、20：00～22：30
定休日：土・日
http://www.saturne-paris.fr

02

石井リーサ明理

Akari-Lisa ISHII

照明デザインの職に目覚めた、光の街、パリ

profile

1971年東京生まれ。東京の石井幹子デザイン事務所、パリのライト・シーブル社を経て、2004年独立。2015年、フランス照明デザイナー協会の照明デザイン大賞を受賞。

明朗で理知的な石井さんは、「名は体を表す」のことわざを思わせる。

世界的照明デザイナーが選んだ、光の街

身振りを交え、受賞作の説明をする石井さん。

石井リーサ明理さんは、明かりを灯す人である。夜間、都市や建造物が暗闇に沈まないよう、適切なライティングを考案する照明デザインが彼女の仕事だ。長野の善光寺や東京の新歌舞伎座、国外ではパリのノートルダム寺院やメッスのポンピドゥ・センター。世界に名だたるモニュメントが、彼女の明かりに照らされて、より美しさを際立たせる。その活躍の場は世界各国に広がるが、拠点としているのは生まれ故郷の東京、そしてフランスのパリだ。なぜパリに？　という問いかけに、彼女は明快な答えを持っている。

「パリは、光の街だから」。

入り口に掲げられたイコンは、自身が代表を務める会社の略称I.C.C.Nからの言葉遊び。知性漂うユーモアのセンスは、とても石井さんらしい。

この街で、光を知った

フランス語で「光」は「リュミエール」と言う。パリを指して「光の街　Ville lumière」と言うことは一般的だが、元来これは、18世紀に啓蒙思想が盛んだったパリを、「知の光が輝く都」と表現したことに始まったと言われている。東京藝術大学と東京大学大学院で学んだ石井さんはその由来を熟知しつつ、あえてこの言葉で、自分にとってのパリを語る。学生時代、光の美しさや力を知ったのが、この街だったから。

「パリのデザイン学校に留学していた時、〈都市を光で読み替える〉というテーマを掲げた照明デザイナーに出会いました。その方の現場へ連れて行ってもらい、見せられたものに、大変なショックを受けたんです」。

それは一見、古めかしいランタン。しかしその中には、最新の光学技術に基づく反射板やレンズが備えられている。昔の街の姿を変えることなく、光だけが新しくなり、それを照らしていたのだ。

「古いものを壊すのではなく、リノベーションして残していく。日本はスクラップ・アンド・ビルドが通底していて、最も重要な神社でさえ20年に一度は建て替える文化です。そこからきた私には、パリのやり方はとても新鮮に思えました」。

もともとパリには、歴史の集積が作り上げる「ヨーロッパ都市の集大成」として心を惹かれていた。大学ではアートを学び、それが都市への興味と交差したところに、照明デザインという仕事があった。それまで考えていたこと、心を向けていたことが、「光」と

02

03

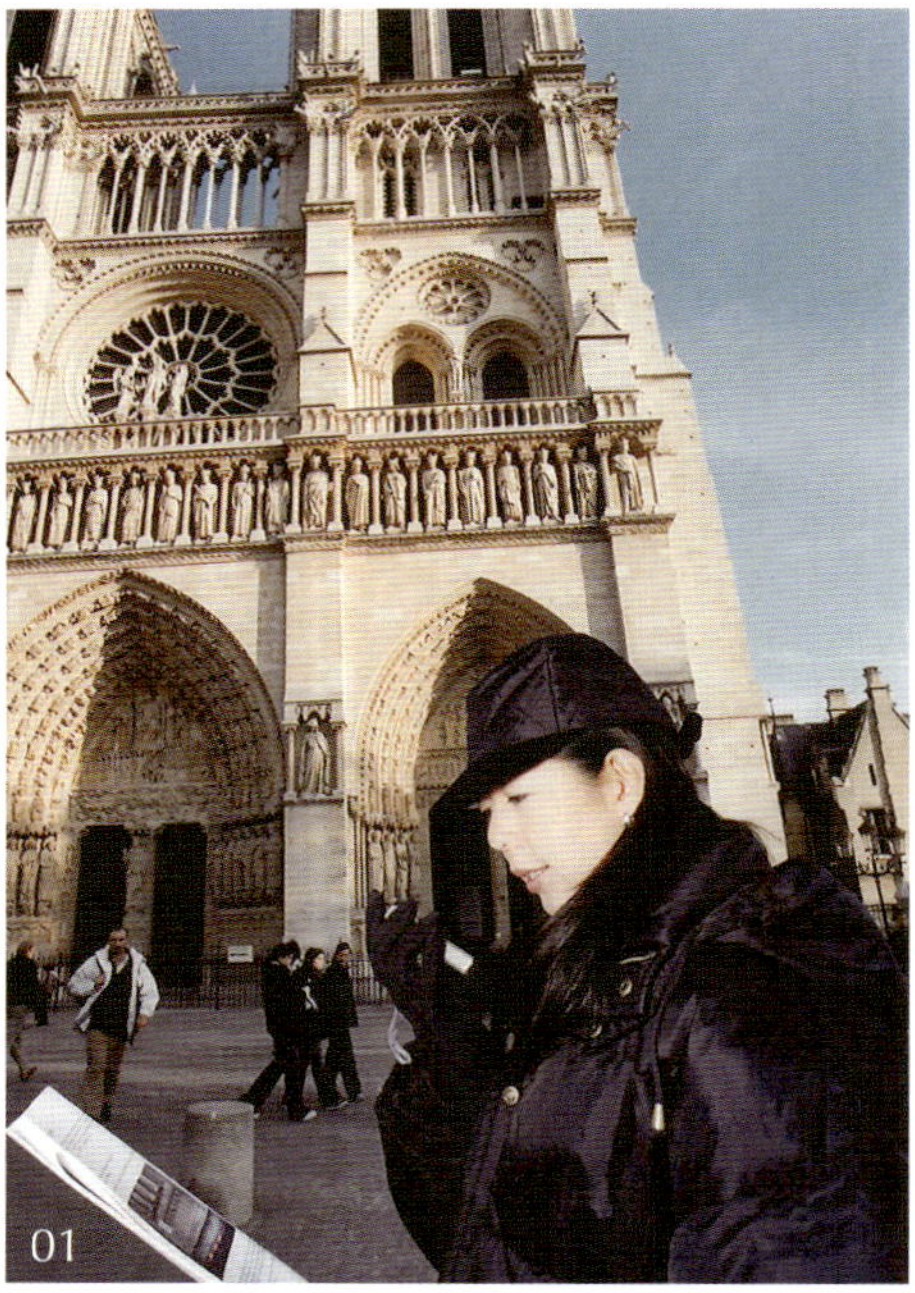
01

05

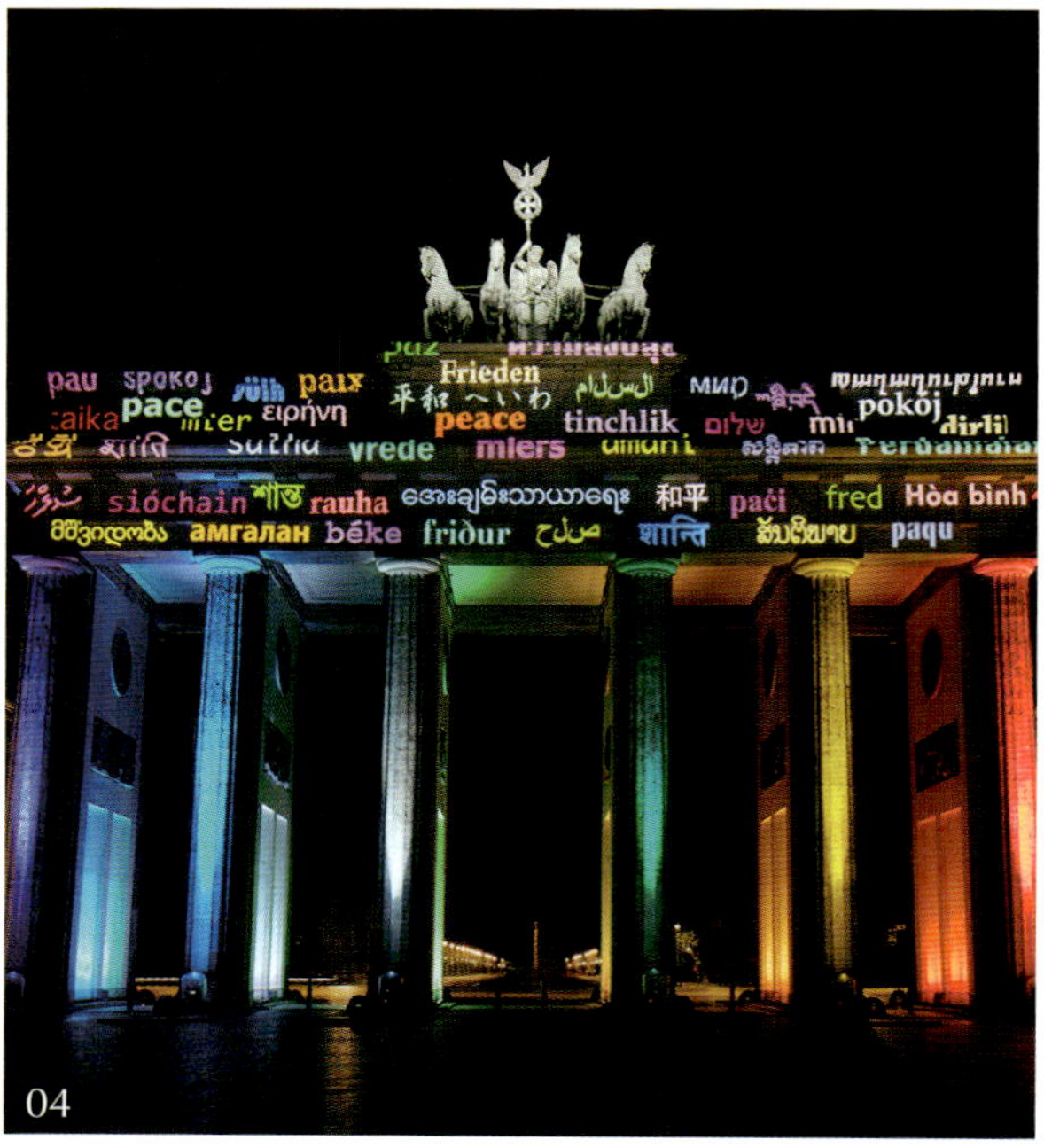

04

01. 照明デザイナーとしてとても思い出深い仕事の一つ、ノートルダム寺院のライトアップ。当時は「ライト・シーブル」社のチーフデザイナーを務めていた。／02.03. ブランリー美術館の「セピック」展で手がけた、劇的でエレガントな照明。／04. 日独友好 150 周年の機会には、ベルリンのブランデンブルグ門を灯した。／05. 事務所での作業風景。

いうキーワードで集約された場所が、パリ。光を扱うデザイナーになりたい、という明確な目標を与えられたのが、この街だったのだ。「パリと自分を強く結んだ、運命的な出会いでしたね」と、石井さんは振り返る。

「あの時はコンコルド広場が大好きでした。パリの街には通常あまり眩しくない照明が使われているのですが、あの広場だけは敢えて、キラキラした明かりを配置しているんです。この場所は、まばゆく輝いているべきなんだ、と言って。古きを残す工夫をするだけではなく、場所によって照明を使い分けていることにも、心を打たれましたね」。

しかしその時点ではまだ、将来的にパリに住むことまでは考えが及んでいなかった。とにかく「照明デザイナーになること」で、頭がいっぱい。照明デザイナーには決まった学位がなく、学校でデザインの基礎を学んだ後は、現場で経験を積み、実績を築いていくしかない。勉強漬けの留学生活を終え、まずは母国で一から仕事を学ぼうと帰国。照明デザイナーの職にあった母の会社に入り、一社員として研鑽を積む。そして3年後。ある程度仕事を覚えて、もっと修行したいと考えた時、パリが再び胸に迫ってきた。

フランス人と光の関係

「あくまで私にとって、ですが、照明の世界で、フランスはやはり特別な国。いろんな手法や技術が進んでいるし、素晴らしい照明デザイナーの多い激戦区です。リヨンやナントなど、照明で町おこしをする自治体もあります。ここに身を置いて自分を高めたいと考えたのは、自然の流れでした」。

その特別さの背景には、照明の力に対する国民的な理解がある、と石井さんは言う。例えば自治体の長は選挙にあたり、古くなった街並みを改造するのではなく、照明を刷新することで街を美化する公約を掲げる。家庭でも、居間と台所、寝室と、部屋ごとに違う照明を考えるのはごく一般的だ。

「照明の力の理解度と、その力の認知度が高いのですね。〈見る〉ことへの意識自体がとても高く、何かを「見る」ための光と、そのものが「見られる」ための光、という認識も明快です。この文化的土壌と、最新技術のバランスがとても良いのですね」。

１９９９年に社会人として舞い戻ってきたフランスでは、奇しくも、学生時代に光の魅力を教えてくれた照明デザイナーの事務所にポストを与えられる。彼と組み、そのチーフデザイナーとして、ノートルダム寺院のライトアップを手がけたことは、大切な思い出だ。5年勤めた後に独立、現在は世界中の建築家や自治体、美術館から依頼が舞い込んでくる。2015年にはシェルブールの給水塔照明で、フランス照明デザイナー大賞を受賞。彼女を光に目覚めさせた国が、今は彼女の灯す光を愛でる、幸せな相思相愛関係が実っている。

生活者としてパリを知っていったのは、照明デザイナーとして暮らし始めてからだった、と石井さんは言う。同僚、友人、取引先と、フランス人たちとの付き合いが深まり、見えてくるパリの姿は学生時代と大きく変わった。その象徴的なものが「ソワレ」と呼ばれる夕べの時間。目安としては午後6時から午後10時頃、平日ならば仕事帰りに一杯アペロ（食前酒）を飲んでから食事に行き、ディナーが終わるまでの時間帯を指す。

「この時間の使い方がフランス人はとても上手いんです。カフェでゆっくりおしゃべりしたり、劇場に行ったり、とても有意義に過ごします。その長い時間の流れに、自然光の移ろいがかぶさっていくんです。夏は特にそれが感じられて、夕方にはまだ高い日の光が、ゆっくりゆっくり暮れていって、長い食事の終わりころにようやく日が沈む。自然光と時の流れが相乗効果で、ソワレ、という時間を作っていくんです」。

たとえば、宵のオペラ座公演。幕間にはシャンパーニュを片手に、大通りに張り出したベランダへ出る。そこからオペラ通りを見はるかし、夕暮れの光と街と人々

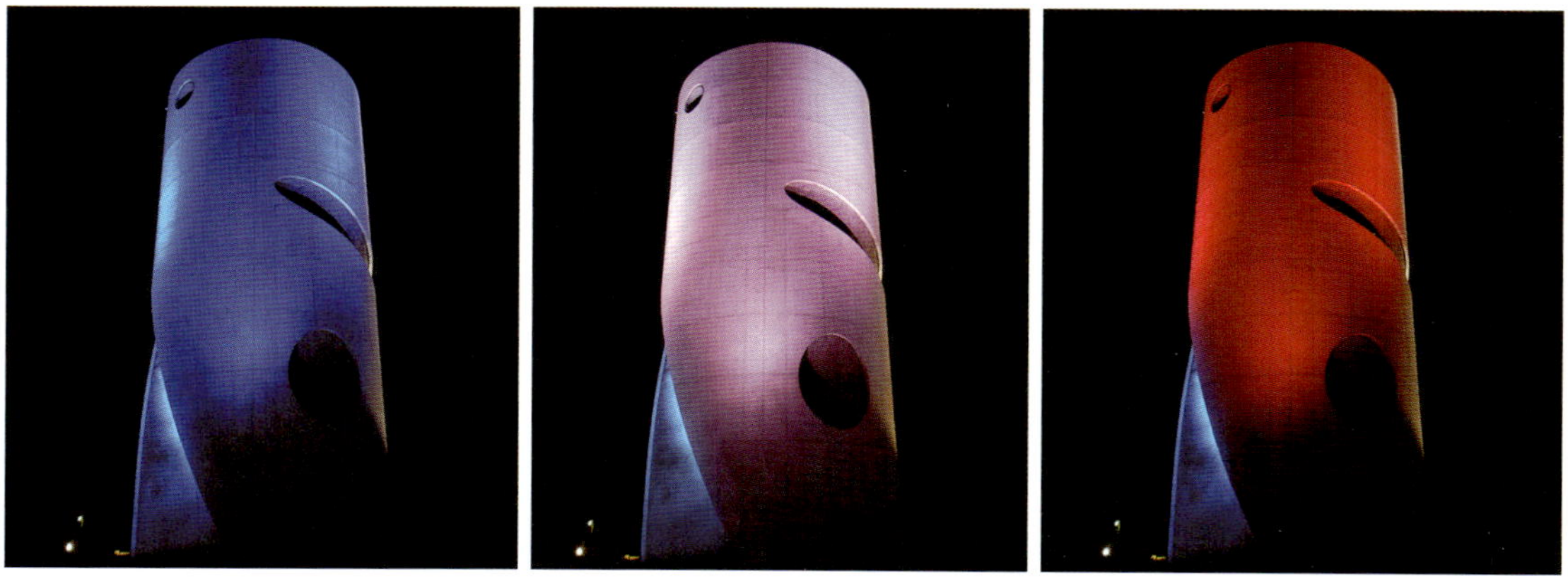

シェルブール給水塔。曜日ごとに、守護星をテーマにした色を当てている。

01. 2015年照明デザイナー協会大賞授賞式の様子。
02. 賞状やトロフィーが並ぶオフィスの一角。
03. 石井さんの愛する「ソワレ」の光が、パリの街角を包む。

を眺めることもまた、「オペラ座のソワレ」の過ごし方だ。

「そのインタラクティブな感じが、パリだなぁと。劇場が外に閉じられている日本にはない感覚ですね」。

希望の光を灯したい

石井さんから語られるパリはどれもポジティブで、魅力に溢れている。パリは好きですか、と問えば、また明快に、即答が返ってきた。

「好きですね。でなければ自分の意思では住みませんよ。嫌な面も、ありますよ。日曜日には店が閉まる、ストライキが多い、バカンスになればみんないなくなってしまうし、無責任なことばかり言う。パリの4大・嫌なところですが、それを声高に言うくらいなら、住まなければいい」。

現在は1年の半分をパリで、もう半分を東京や、世界のその他の都市で過ごす。パリのハブ都市としての地の利は、ここに住む理由の一つでもある。

「ずっとべったり住んでいないので、いる間はなるべくいいところを見たい、という気持ちもあります。いいところ取りをしようとしているんですね。東京に行けばエネルギッシュで素敵だなと思うし、パリに戻って来れば、やっぱりシックでいいな、落ち着くなぁ、と」。

そんな石井さんにとって、2015年秋のテロはやはり悲しく、気がかりな出来事だ。

「パリは世界中の文化が集まっては、新しいものを生み出してきた街です。私も文化の坩堝《るつぼ》としてのパリが好きなので、それがテロをきっかけに縮小していくのは、本当に残念なこと」。

ただ、あの悲劇が気づかせてくれたこともある。それはやはり、光の力。

「みんながろうそくの火を掲げて集まっているのを見て、光には希望を与える力があるのだ、と改めて痛感しています。場を祝祭的にもできるし、人をリラックスさせることもできる。いろんな表情を見せられるのは、光のマジックです。これからも色々な形で、光を灯し続けていきたいと願っています」。

美味しく楽しく、ソワレを過ごせる場所

パリは光の都だが、食の都でもある。そこを選んで住んでいる石井さんも当然のごとく、食べることが大好き。

「食べることそのものもそうですが、食事を共にすると、その人の裏側が見えてくるのが面白いですね。食べ方や好き嫌い、場持ちの仕方、会話力、気配りの仕方、お酒を飲むか飲まないか……その人の宗教も、食事に出てきますね」。

食べるだけではなく、飲むことも大好きで、晩酌は欠かさず。家では自分で料理もする。

「作るものは色々ですね。フランス料理、イタリア料理、トルコ料理に中華料理。家にある食材を見て、食べたいものを作る感じです。最近は子牛のブランケットを覚えました。結構簡単なんですよ」。

多文化都市パリがそのまま載ったような石井家の食卓では、日本の惣菜や洋食メニューなどの献立も、もちろん日常的。日本から戻っ

01

02

01,02. 道端に張り出したテラス席は、ソワレの時間の特等席。深夜まで営業しているカフェも多く、じっくりと語らい合う人々の姿が絶えない。

て来るときには、スーツケースの半分が食材で埋まるという。お米、味噌に醤油、調味料など、自炊に欠かせない食材が中心だ。

仕事柄外食も多い石井さんだが、お気に入りのレストランは食事もワインも充実していることが絶対条件だ。中でもお勧めを2件、挙げてもらった。

「地元の人が身銭を切って行く、パリジャンのビストロが中心です。『ディセット・シュル・ヴァン』は夏には外で食べられるので、ソワレを過ごすのも良い場所。好きになるお店はだいたい、『ここは何を食べても美味しいな』と感じられるのが大切なポイントです。パンからして美味しい！と感激した『ル・スクワール・トルソー』は、地元の女性誌でパリのベストビストロに選ばれました。ビジネス会食にも使えると思いますよ」。

石井さんのお勧めレストラン

●ディセット・シュル・ヴァン
XVII SUR VIN

「雰囲気の良いワインバー・ビストロです。お客は地元の人ばかり」

住所：99 rue Jouffroy d'Abbans 75017 Paris
電話番号：01 42 27 26 16
メトロ：Wagram（3号線）
営業時間：月～土　12：00～14：30、18：00～22：30（土は夜のみ）
http://www.xviisurvin-lebistrot.com

02

01

01.「イカのディセット風」は店の名物料理の一つ。
02.黒を基調にしたシックな外観。

●ル・スクワール・トルソー
Le Square Trousseau

「頻繁にメニューが変わります。人気店なので予約してでも行っています」

住所：1 rue Antoine Vollon 75011 Paris
電話番号：01 43 43 06 00
メトロ：Ledru-Rollin（8号線）
営業時間：毎日　8：00～26：00
http://www.squaretrousseau.com

02

01

01.市場にほど近い、活気に満ちた界隈にある。
02 食欲をそそるデザートワゴン。

topic 2

パリのソワレに魅せられて

フランス人にとって、ソワレとは一日の中でも特別な時間帯だ。一日頑張った自分へのご褒美を忘れないフランス人は、石井さんのように、リラックスできる、この時間をとても大事にする。毎日訪れるこの時間を、どれだけ素敵にすることができるか。パリっ子も競って、その物語作りに励む。

時間帯でもあり、瞬間《モーメント》でもある

ソワレとは「夜会」のことだ。

昔は貴族の晩餐パーティーを指していたが、今では全般的に、踊ったり、楽器を演奏したり、会話を楽しんだりする、夜の集会、のことだ。基本的には、日没（アフターワーク）から就寝までの間の時間帯を指す。その中でも、アペロを楽しむ宵口、ディナー、そして食後のパーティー、などに分けられる。そんな瞬間《モーメント》を満喫しながら、ふと気づくと、外では夜《ニュイ》も更けている、というわけだ。

パリっ子に「今夜家でソワレをするから、来ない？」と言われると、大抵は夕食後から始まるパーティーのことだ（夕食に招かれる時には「ディナーに来ない？」と言われる）。

変貌する時間と人

観劇の幕間の一杯、展示会のベルニサージュ（オープニング・パーティ）、夏が近づいてくると芝生や川沿いでのピクニック。変貌していく空の模様や色、空気や行き交う人を眺めながら、一杯いただく。そんなパリでのソワレの過ごし方には可能性がたくさんあり、一見なんでもないようなことが、宝物のようなひとときに変わる。

変貌するのは、その「ひととき」だけではない。パリジェンヌは、ソワレのために、洋服を着替え、高いヒールを履き、夜用の香水をまとう。日中とは違う自分を演出するのだ。

topic 2

01 LE PERCHOIR

ル・ペルショワール

11 区のとある建物の最上階に現れたバー・レストラン。テラスから見渡せるパリのパノラマは圧巻。気取りのない、居心地のよい空間がいくつも配され、季節ごとに趣のある演出が楽しめる。マレの BHV 百貨店にある姉妹店も人気。

住所：14 Rue Crespin du Gast 75011 Paris
電話番号：01 48 06 18 48
メトロ： Ménilmortant
営業時間：月～金 16：00 ～ 26：00
土・日 14：00 ～ 2：00
http://www.leperchoir.tv

気分の数だけソワレがある

流行りの開放的なルーフトップ(屋上)のバー、ライトアップされた建造物が間近で見えるレストラン、落ち着いた空気が流れる大人のカフェ、など、その時の気分に合わせて訪れたい場所がある。石井さんのような、ソワレの様々な可能性を開拓するスキルを磨きたいものだ。まずは、どんなソワレを過ごしたいのか、を知ることが大事だ。

01
夏 (01) でも冬 (02) でも。それぞれのスタイルでくつろげるテラス。／ 03. 360 度見渡せるパリの屋根風景。／ 04. レストランは要予約。／ 05. テラスの下にはレストラン。一杯いただいた後には腹ごしらえを。01~05：© Studio Cui-Cui

03
08. サロンで優雅なひとときを。
09. 中庭。外世界の喧騒が嘘のよう。
07,08：© Hôtel d'Aubusson

02
06. シックな色合いがモダンな店内。／ 07. エッフェル塔を眺めながら、空の光が徐々に変わり行くのを満喫できるテラス。
05,06：
© Mathieu Rainaud

03 CAFE LAURENT

カフェ・ローラン

17 世紀に建造された建物を改造したホテル内にあるカフェは、40 年代には、ジャズのメッカへと変貌した。その名残から、夜にはジャズセッションが行われるが、日中は落ち着いたひと時を過ごせる、隠れ家的な場所に戻る。

Hôtel d'Aubusson （ホテル内にあるカフェ）
住所：33 rue Dauphine 75006 Paris
電話番号：01 43 29 43 43
メトロ：Odéon
ジャズライブは、水～土の 21：00 ～ 23：30 まで。
http://www.hoteldaubusson.com

02 MONSIEUR BLEU

ムッシュー・ブルー

パリのコンテンポラリーアート美術館、パレ・ド・トーキョー内にある、トレンディーレストラン。セーヌ川沿いにテラスが広がり、エッフェル塔の足元を遊覧船がのどかに通り過ぎていくのを眺めながら、くつろぐことができる。

Palais de Tokyo（パレ・ド・トーキョー美術館内）
住所：20 avenue de New York 75016 Paris
電話番号：01 47 20 90 47
メトロ： Iéna
営業時間：毎日 12：00 ～ 26：00
http://www.monsieurbreu.com

03

西　英樹

Hideki Nishi

フランス料理に導かれた
おだやかな、情熱家

profile

1973年三重県生まれ。多くのレストランで料理人として働いた後に渡仏。約15年に渡る3ツ星レストランでの経験を経て、2014年に「ネージュ・デテ」をオープン。2016年にはひとつ星レストランに選ばれる。

洗練されているのに温かみがあるのが、
西さんの料理とレストラン。

ただただ、美味しいフランス料理を求めて

ドイツ産のシメンタル牛の熟成肉を、日本製の庖丁で切っていく。

パリ15区の庶民的なカルチエの一画に、そのレストランはひっそりとたたずんでいる。店名は「ネージュ・デテ」。「夏の雪」という可憐な名前は、夏の間に咲く白いバラから来ている。

　このレストランの厨房で腕をふるうのが西英樹さん。世界で最高峰のフレンチレストランで、長きに渡って経験を積み重ねてきた実力派。2014年に、念願だった自分の店を奥さまの仁礼《にれい》さんとオープンした。

　えり抜かれた素材をもとに作られる西さんの皿は、どれも美しく、そして味わい深い。25席ほどのこぢんまりとした店内は、そんな料理に目をほそめ、頬を紅潮させる客で毎日満席になる。

舌の肥えたパリジャンが注目する「ネージュ・デテ」。世界中からのリピーターが後をたたない。

修行は7歳から？

三重県、松坂市出身の西さんは、日本料理店を営む両親のもとに生まれ育った。松坂牛はもちろん、伊勢にも近かったため、豊かな海の幸も身近なものだった。

料理人のお父さんを手伝うかたちで、7歳頃からお店に出入りしては、ちょこちょこと手伝いをはじめた。調理場で野菜や魚、肉を切ったりするのは楽しかった。

そんな西少年は、お店で食事をするお客さんの喜んでいる顔もしっかり観察していた。そして、子ども心に客商売の面白味を感じていたという。

高校を卒業してからは、「料理の専門学校とかには興味がなかったから」、地元の料理店でアルバイトを始めた。そして、「単純に、どこの料理でもいいから、美味しいものが食べたくて」あちこちのレストランに行ってみた。ところが、フランス料理だけは、どこに行っても美味しいと思えない。「ホテルの料理長はフランス料理のシェフだったりするのに、おかしいと思った」と西さん。フランス料理の三大珍味と言われるトリュフやキャビア、フォアグラも食べてみたけれど「何を世間はこんなに騒いでいるのかな」と、疑問はふくらむばかりだった。

「それならば」と、西さんは本場のフランス料理を食べてみることに。「本当に美味しいかどうかを知るために、まずは旅行に行って3ツ星レストランで食事してみよう」と、どこか軽い気持ちで出かけた。そうやって訪れたパリで、西さんは初めて本物のフランス料理に触れることになる。そして、一軒目ですでに「今まで食べてき

01. 新しい料理を考案するために、時には、営業時間以外にスタッフと試作する時間を設ける。／02. 柔らかな色調でまとめられた店内には、個室スペースも。／03. 合羽橋の料理道具屋「釜浅商店」にオーダーした炭台、そして備長炭。／04.「ヒラメの細胞は生きていて、置く所によって色が変わるんです」。

たものはフランス料理じゃなかった」と、衝撃を受けた。その料理には、それまでは感じることのなかった「味」がしっかりとあった。

早朝から、深夜まで

3カ月で帰国するつもりで出発した西さんだったが、1カ月経つ頃には、パリに残りたいと思うように。そして、街のレストランなどでアルバイトをしながら、憧れているガストロノミーのレストランに履歴書や手紙を送り続けた。

何度か断られた後に、ようやく、フィリップ・ルジャンドル氏が率いる「タイユヴァン」で働く機会を得た。シェフから注意を受けて長かった髪も切り、朝7時から深夜1時まで奮闘した。それまでもたっぷりと食の世界に浸っていたけれど、ここでは、やることなすこと、すべてが新しかったという。

「まず、食材が、そのままゴロンと来るんです。鶏も毛がついたままだし、魚も切り身ではなくて、頭つきで届きます」。

言葉の壁がある上、厨房では皆、営業中は怒鳴るようにしゃべる。それを何とか聞きとりながら手を動かす日々の中、疲れを感じている暇もなかった。「とにかく人よりも早くということを考えていました。ふつうの人が30分で終わらす作業だったら、自分は15分とか」。

まずは、野菜、そして肉や魚を扱うようになり、1年後には20代半ばで早々と魚部門を任されるようになった。魚は子どものころから扱いなれていたとはいえ、日本の料理界では考えられないスピード出世だ。こんなところに、西さんの料理人としての腕の確かさ、そしてフランス料理界の実力主義

01. 西さんが全幅の信頼を置くソムリエ、染谷文平さん。
02.「このワイナリーの畑で、収穫に参加したことも」。

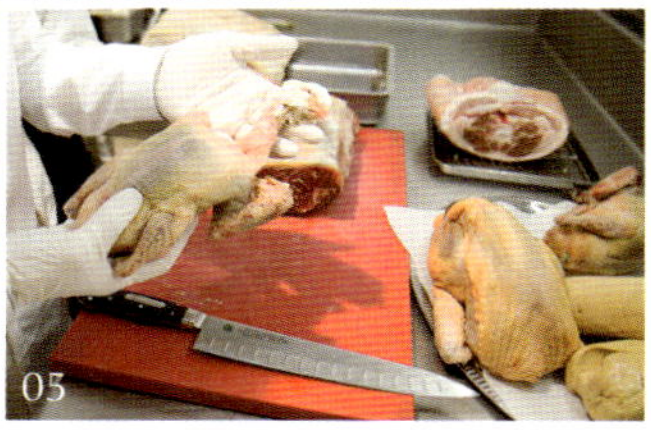

01. ある日のメニューから。料理は季節によって常に変わる。／02. 食用の花などをオーダーしている業者さんと。／03. ごそごそ動く、オマール海老。／04. プロヴァンス産のアスパラガス。／05. 頭付きで届くピジョン(鳩)。／06. ミシュランの授賞式でスポットライトを浴びる西さん。

が表れている。「こちらでは年齢は関係なく、力のある人は20代でシェフになったりもします。言われた仕事をどれくらいできるかに加えて、言われないことをどれだけできるかですよね」と西さん。

　その後、シャンゼリゼに近い高級ホテルのレストラン「ル・サンク」に移ったルジャンドル氏に呼ばれるかたちで、新たな職場へ。やはり魚部門の責任者になり、調理はもちろん、膨大な量の仕入れも任されるようになる。予算の上限なしに最高級の素材を注文できるのは料理人として幸せだったが、毎日、緊張の連続だった。

　舞台は、各国の首脳クラスや国際的な映画スターが集うレストラン。ただでさえ戦場のような厨房には、オフィスでVIPをもてなすシェフから急に特別注文が入ってくることも。でも、西さん

はいつでも余裕のふりをして、「ノン」と言ったことは一度もなかったという

リピーターで測る、成功

２０１４年夏に、満を持して自らのレストランをオープン。パリ郊外にある卸し市場から食材を仕入れるレストランが大多数の中、西さんのところには生産者から直に届く食材の方が多い。たとえば、釣りたての魚はブルターニュ地方のジェゴ・フレールから、味のしっかりした野菜は、ブルターニュ地方に畑を持つアニー・ベルタンから取り寄せる。

そんな旬の食材を最高の状態で味わってもらうために、西さんは、ア・ラ・カルトではなく、おまかせのコースで勝負。「特に前菜に出すような生の魚は、すぐに出さないとダメになっちゃう。おまかせコースにすることで、お客さんにいいものを食べてもらえることになるんです」と言う。

最高の素材のポテンシャルを生かし切るその料理は、またたく間に舌の肥えたフランス、そして世界の食通から注目されることに。

このレストランで口にする魚介類は海の滋養に満ち、備長炭で焼かれた肉は、かめばかむほどうまみが出てくる。季節の花をあしらった皿からは、豊かな香りがにおい立つ。いい素材しか使っていないので、フルコースを味わった後でも、食後感は驚くほどさわやかだ。

ミシュランの星も獲得して勢いにのっている西さん。今後の目標を聞くと、「リピーター率１００％」という答えが返って来た。「レストランは一回でも美味しくなかったら来てもらえないから、また来てもらえたときは『勝った』と思います」。

終始おだやかな口調の奥には、食の芸術への情熱がひそんでいる。

純白のテーブルにそえられた可憐な花は、五感に幸せをもたらしてくれる西さんの料理の序章のよう。

DATA

ネージュ・デテ

Neige d'été

住所：12 rue de l'Amiral Roussin 75015 Paris
電話番号：01 42 73 66 66
メトロ：Avenue Emile Zola、Cambronne、La Motte Piquet Grenelle
営業時間：火〜土 12：30 〜 14：00、19：30 〜 21：30
定休日：日・月
http://www.neigedete.fr

家族と一緒に食べる、フランスの家庭料理

営業日には、西さんはあいかわらず早朝から深夜まで働いている。7時にレストランに入って素材の入荷のチェックをしてから、昼と夜のサービスや片づけ、仕込みを終えて帰宅する12時半〜1時までは、ほぼノンストップ。料理の味見をしっかりしたいので、まかないもあまり食べないそう。家に帰って一息ついてから、ワインとチーズをつまんだりするぐらい。プライベートの時間は、ほとんどない。

ただ、定休日やバカンスはしっかり休めるのがフランス。これは、過去に働いてきた3ツ星レストランでもやはり同じだった。飲食業者もきっちり休みをとることが出来るから、家族との時間も無理なく確保できるのだ。

西さんも、レストランが休みの日は、奥さま、そして3人の子ども達と一緒にゆったりと過ごす。

日曜日は、カジュアルなレストランで食事をすることもあるし、鶏や子羊のもも肉の丸焼きなど、フランスの家庭料理を作ることも。付け合わせには、ラタトゥイユやグラタンを添えることにしている。「ラタトゥイユの中に入っている玉ねぎとかクルジェット（ズッキーニ）だったら、子どもでも食べてくれる」という親心からだ。「フランスの学校の給食は、前菜、メイン、フロマージュ（チーズ）、デザートとコースになっているから、家でもそうしないと怒ってくる」と西さん。それでも、ふだんはあまり量を食べない子どもたちが「自分の料理は食

01.「アリアンス」のシェフ、大宮敏孝さん。／02.落ちつきのある店内で、ゆったりと美食を楽しめる。

01,02：© Charlotte DEFARGES

べる」と、なんだかとても、嬉しそう。

月曜日は、フレンチレストランの「アリアンス」に出かけることも。ここには、大事なお客さんや、料理関係者を連れて行く。

実は、この店のシェフである大宮敏孝さんは、西さんが「ル・サンク」に勤めていたときの戦友。肉担当だった大宮さんとは息もぴったりで、日本人が他にいない中、頼りになる弟分だったという。素晴らしい食材を手に入れるための労力を惜しまないこと、丁寧に、かつ素早く調理すること。「シンプルが一番」と、料理に対する考えを共有するふたりは、プライベートでも気の合う仲間だそう。

まとまった休みがとれる時には、西さん一家は、国内はもちろん、ヨーロッパ各地にも足を延ばす。パリは世界各国から人々が集まる国際都市だが、電車で気軽に国境を越えて、外国の文化に直に触れられるのも魅力だ。

そして、毎年夏には北海道へ。「家内のふるさとでもあるし、食材がフランスに似ているから」というのがその理由。さらに聞くと、近い将来、北海道にお店を開きたいのだと教えてくれた。北海道の海の幸や山の幸を、西さんは一体どう料理するのか……。想像するだけで、思わず頬がゆるむ。

DATA

アリアンス

Alliance

住所：5 rue de Poissy 75005 Paris
電話番号：01 75 51 57 54
メトロ：Maubert-Mutualité、Cardinal Lemoine
営業時間：月～金 12：00 ～ 14：00、19：30 ～ 22：00
予算：ランチコース 29 ユーロ・34 ユーロ、ディナーコース 70 ユーロ
http://www.restaurant-alliance.fr

西さんの他のおすすめレストラン

● ネム 101

Nem101

「このベトナム料理店のスペシャリテは、ラクサーというエスニックスープです」

住所：101 rue de Ranelagh 75016 Paris
電話番号：01 45 27 76 92
メトロ：Ranelagh
営業時間：月～土 12：00 ～ 14：00、19：00 ～ 22：00
定休日：土夜、日

02

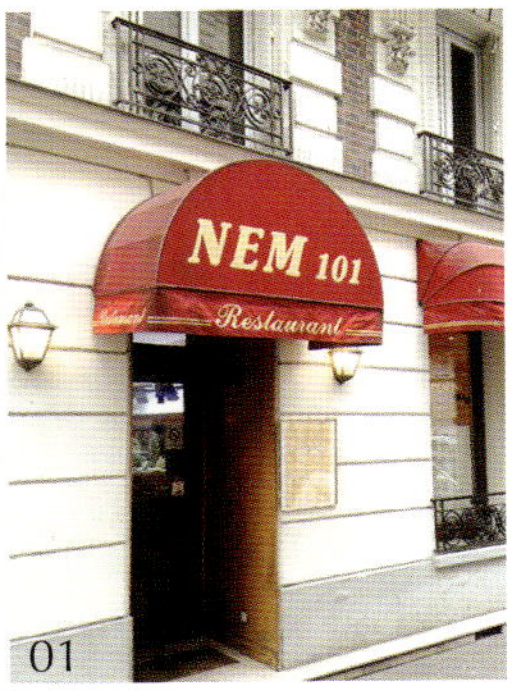

01

01. こちら、西さんご家族が以前住んでいた地区。／ 02. ネム（揚げ春巻き）などのベトナム定番料理が楽しめる。

topic 3

情熱エピスリーのイチオシお土産

フランスは、世界をうならすこだわりの食材が豊富。作り手の表情がうかがえるような地方の特産品は、現地で賞味したいものだが、なかなかそうもいかない。すべての物産が集まるパリでも、手に入れるのは難しいこともある。そんな希少価値のある商品を独占で販売する、こだわりの店《エピスリー》が増えている。

西さんのレストラン、ネージュ・デテで振る舞われるLE PONCLET（ル・ポンクレ）のバターは、ブルターニュの製造者から直に仕入れるという希少なもの。パリでも取り扱っているのは、とある食材店《エピスリー》一軒のみだ。

食への情熱を伝える食料品店《エピスリー》

エピスリーとは、近所の小売店。日本でたとえると、コンビニのようなものだ。そんな、どこにでもある「コンビニ」に、食材ブームの今、一部変化が起きている。いわゆる食のセレクトショップともいえよう、昔の、香辛料《エピス》を販売していた専門店のスタイルに還りつつあるのだ。

どこのスーパーでも買える大量生産されたものではなく、地域特有の表情や製造者のこだわりが反映された、とびきりの最良美味食品。それらを、舌の肥え、食べることに生きがいを感じている美食バイヤーたちが自信をもって紹介する店、それが新しい形のエピスリーだ。

地方の特産品をパリで

そんな新エピスリーの発起者たちは、そもそも「食」に携わっていたわけではない。それでも、毎日口にする食料品だからこそ、良いものを。美味しいものを……と、行きついたのが、自分たちの足と舌で巡り合える味と質、だった。彼らは、それほどビアン・マンジェ（良いものを食する、ということ）に対して、情熱と深い愛情を注いでいるのだ。

イチオシ品をお土産に

パリでも人気のエピスリー3店から、お土産に最適な「イチオシ品」を推薦してもらった。

01 papa sapiens

パパ・サピエンス

試飲試食を重ねた上で厳選され、製造元から直に仕入れられる、究極の品を紹介する店。店内には、それらの製造者の写真が誇らしげに飾られている。ネージュ・デテで綸されるバターもパリではここでしか手に入らない。

住所：7 rue Bayen 75017 Paris
電話番号：01 58 57 82 81
メトロ：Ternes
営業時間：月 16：00 ～ 20：00、火～金 9：30 ～ 20：00、土 9：00 ～ 20：00、日 9：00 ～ 13：00
http://www.papasapiens.fr

イチオシのお土産紹介

01. まるでワインのように、採られた年を表記された可愛らしい缶。ルイ14世にも献上された高級塩としても知られる。 **papa sapiens**
02. パリでは当店独占販売。超一流シェフご用達の高級品。作り手のシャンシゴーさんは、自然の力に敬意を表したオリーブオイル作りに情熱を注ぐ。 **Epicerie Générale**
03. ブルターニュ地方、ベル・イル島にある家族経営のビスケット屋さんの名物品。「家で作るような」ぬくもりのあるお菓子として人気。 **La Maison Plisson**

01 04. 製品は製造者の写真と共に展示されている。／05. ここでさえも入手困難な、幻のバター・ル・ポンクレ。／06. 壁一面の木材の棚に整然と並べられる貴重な食品たち。
04,06：© Mat Beaudet
05：© Rina Nurra

01. GRAND CRU DE BATZ の塩の花（100g 10.6 ユーロ）。
02.GRATTE SEMELLE のオリーブオイル（50 cl 29 ユーロ）。
03. La Bien-Nommée のブルターニュ産黒麦ビスケット（90g 3 ユーロ）。

© GRAND CRU DE BATZ

© La Maison Pl

03 09. テラスはいつでも大人気！／10. 肉、チーズ、野菜、とまるでマルシェのように渡り歩く店内。
09,10: La Maison Plisson © JP BALTEL

02 07. 情熱を持って良質のビオ食品を進めてくれるスタッフたち。／08. 敬意をもって並べられているビオ商品たち。
07,08：© Stanislas Alleaume

03 LA MAISON PLISSON

ラ・メゾン・プリソン

マルシェのように「全ての食のファミリーが集結する」エピスリーとして、選りすぐられたお惣菜、チーズ、肉、野菜や果物、乾物から飲み物までが紹介される、北マレの人気店。カリスマシェフご用達の品も購入できる。

住所：93 Boulevard Beaumarchais 75003 Paris
電話番号：01 71 18 19 09
メトロ：Saint Sébastien Froissard
営業時間： 8：30 ～ 21：00
（日・月は 9：30 から。日は 20：00 まで）
http://www.lamaisonplisson.com

02 EPICERIE GENERALE

エピスリー・ジェネラル

フランス全国の特産品の中でも、有機栽培に限った最高品質のものを、情熱をもって紹介する、ビオ・エピスリー。美味しくて健康的なビオ食品を求めて、フランス中を駆け巡るバイヤーに信頼を寄せる製造者も多い。

住所：1 rue Moncey 75009 Paris
電話番号：01 48 74 30 56
メトロ： Blanche
営業時間：11：00 ～ 20：00
定休日：日
http://www.epiceriegenerale.fr

04

室田 万央里

Maori Murota

パリの「食」をいろどる
自由な料理人

profile

1979年東京生まれ。2003年よりパリでモードを学び、アシスタント・デザイナーとして勤めた後、料理人に。ケータリングのサービスやレストランなどで幅広く活躍中。

柔らかく、かつ潔いその独特のたたずまいには同性にもファンが多い。

世にも楽しく美しい、才能あふれるパリジェンヌ

光の入るキッチンで、話しながら手もしっかり動く。

室田万央里さんは、そもそもモードの勉強をしにパリへやって来た。食の世界で働く気持ちなどみじんもなかった。

それが今や、あちこちに引っ張りだこの料理人に。レセプションやイベントで「まおり風」としか形容の出来ないオリジナルな料理を提供するかたわら、知る人ぞ知るバーやレストランの厨房に立ったり、料理教室を開いたりすることも。去年は、和食を紹介する料理本もフランスで刊行した。

食べることには、真剣に

個性的なのに、ごく自然に顔になじんでいるヘアカット。しなや

結婚祝いにご両親から贈られたという清課堂のやかんは、毎日のように活躍。

かに動く体を包む、さりげない装い。光のあふれるキッチンで、リズミカルに動く手先。

室田さんは、どこから見ても絵になる。経験もたっぷりしてきている大人だから、話がまた面白い。今を時めく料理人としてメディアに取り上げられることも多いけれど、本人には、気負ったところも気取ったところもまるでない。その料理の根っこにあるのは、ひとえに生まれ育った環境だ。「食べるのにすごく気合いがはいっている」ご両親に恵まれた室田さん。夕飯には、おかずが7品ほど並ぶのがふつうだった。

お母さんが作るお弁当は、最高に美味しかった。曲げわっぱに入ったお弁当のことは、今でもよく覚えている。仕切りには、プラスチックやアルミホイルではなくて、庭にあった椿の葉などが使われていた。食べることに熱心なお父さんには、あらゆるタイプのレストランに連れていってもらった。無類の料理好きでもあったお父さんは、朝から手作りうどんを作ることも。「そんなときは、朝からたたき起こされて……」。室田さんは、そんな話をしながら、いかにもおかしそうに笑う。

アジア旅行が好きだった両親に連れられて、少女時代からバリ島、シンガポール、香港などで食い倒れの旅をしていたという室田さん。

その記憶の引き出しには、幸せな食と旅の記憶がぎっしり詰まっている。

外国暮らしの、その先に

室田さんは、17歳の時に単身で外国暮らしを始めた。まずはニューヨークで語学学校に通った

01. 窓際にはグリーンがずらり。家具は道でひろってきたものが多いというが、どれもアトリエによくなじんでいる。
02. 見せる収納のお手本のようなキッチン。
03. ほぼベジタリアンの室田さん。野菜は基本。
04. ローズマリーの可憐な花を見せてくれる。

後に大学へ入学。専攻した宗教学の奥深さに夢中になって勉強に励んだものの、体調不良のために4年半でニューヨークを後に。そして、子どもの頃からの夢をかなえるため、半年ほどバリ島でダンスを学んだ。「外に出ることで自分の世界が広がるし、いろんな人に出会うと、許容範囲が広がる」と語る室田さん。自分が日本人であることを意識するきっかけにもなった。

　東京に戻って、今度は服飾専門学校のエスモードに入学。この学校のパリ校で学ぶべく2003年に渡仏した。とても楽しく勉強をし、学校を卒業してからは憧れだったブランドで働く機会も勝ちとった室田さん。物づくりに関わるのは刺激的でやりがいもあったけれど、いわゆる「ファッションピープル」ではない自分に気がついた。

「さて、次はどうしよう」と思ったときに、すぐに浮かんだのが、料理の道だった。「大学では宗教学なんてつぶしのきかない専攻を選んじゃったし、事務職は絶対無理。ごはんくらいしか出来ることはなかった」と、室田さん。道しるべになったのは、子どもの時にお母さんが作ってくれたお弁当だった。

自由に、好きな料理を

　まずは、友人知人に「お弁当1個からでも作るから」と声をかけるところから始まった。メトロを乗り継ぎ、パリのあちこちに自ら配達したという。

　まだ経験がない時に、勢いで100人分のケータリングを受注してしまったことも。「2日間徹夜とかしてましたけど、苦労して

1920年代に、お針子さんなどがアトリエとして使っていたという建物に暮らしている。

01. 幅広の麺に、色鮮やかな中華風トマトソースを。／愛する猫とのリラックスタイム。／03.「昔は『おにぎり』と言っても何か分かってもらえず、こうやって絵で説明を」／04. 豚肉の茹で餃子は、もちろん皮から手作り。／05. 有名エディターから出版された初のレシピ本。

いるという感じはなくて」と、当時をあくまで楽しそうに振りかえる室田さん。

そのうち、人気セレクトショップの「merci」に誘われ、店内で行われるプレス用レセプションでのケータリングを手がけることに。そこから評判が高まり、室田さんの活躍の場は飛躍的に広がった。

以来、声のかかったレストランで一定期間働いて経験値を増やしつつ、オリジナルな食の世界を追求する日々が続いている。彩りよく美しく盛られた室田さんの料理は、テーブルを華やかに演出するだけではない。口にいれるたび、食材の意外な取り合わせや食感の楽しさで人々を魅了する。そして、新鮮な野菜が使われているから、食べた後はしっかり栄養がチャージされるのが実感できる。

「自分が好きな料理を、自分が好きなように出来る、今の仕事の形はすごく嬉しい」と、晴れやかに語る室田さん。料理本やエッセイを読んだりしながら、食べ物のことを考えて「妄想の世界」に浸ることを喜びとしているという。

もっとも、クライアントにメニューの提案をするときには、妄想から抜け出してプロの顔つきに。イメージをつかんでもらうため、アイデアをイラストにしてプレゼンテーションする。和食になじみがない相手でも、視覚で見せれば話は早い。

ちなみに、子どものころの夢は漫画家になることだったという室田さん。その才能は、現在準備中だという2冊目の料理本にも存分に生かされそうだ。「アジアやストリートフードをテーマにした本を作りたいと思っていて、最近も2週間ほど旅行に出ていたんです。その間もイラストを描いていて、それが楽しくて……」と、ノートのページを繰りながら、「これ、美味しかったですよー！」と、食べものの話をするときは、柔らかな声がワントーン高くなる。

ご両親から受け継いだ食と旅好きのDNA、漫画家を夢見た少女時代、世界各地で見てきたこと、食べてきたこと……。幼い頃から今まで体験してきたすべてが、今日の室田さんの料理を作ってきた。そこには、学校ではとても学ぶことのできない、明るい暮らしのエッセンスが詰まっている。

だから、室田さんの料理には、小手先のテクニックでは出せない温かさや、何にも縛られない自由さや勢いがある。そして、お母さんの料理みたいに、何度でも何度でも食べたくなる。

「お母さんの作ってくれるおにぎりは、他のどんな食べ物よりも美味しい」と室田さん。

美味しいものを、気持ちよく食べる幸せ

室田さんが毎日のように愛用している料理道具は、せいろ。ごはんを温めるのも、電子レンジではなくて、せいろ。「ごはんをすぐレンジで温めて食べられちゃうと、姿勢が違ってきちゃう」と、こんなところに室田さんのこだわりが表れる。

近々イベントでブーダン（豚の血入りのソーセージ）の入った肉まんを作るから、せいろの出番がますます多い。「チャーシュー饅みたいなのにしたらいいかなあと思って。イベントでは参加者のフランス人といっしょに作るんです。だから、ちゃんとやり方を研究しておかないと、みんな失敗しちゃう」と、試作に励む。

ちょっと前には、「Kenzo」のケータリングのオードヴルのコンセプトとディレクションを依頼されて、うどんを作ることに。「ダシからとりたい」とリクエストがあったから、いかに簡単に美味しいうどんが作れるかと、1週間試作を重ねたとか。どの麺だったら扱いが楽か、何分ゆでたらいいか。醤油とみりんの返しとダシは、どの比率で合わせたらいいかと、何度も何度も試したそう。「毎日楽しかったですよ。しばらくは、一日4杯くらいうどん食べてました」と、にっこり。

食材を買いに行くのもやっぱり楽しそう。自宅から歩いてすぐのところにあるマルシェには、「新鮮なイワシとかアジがあるから」と、決まって金曜日に行くことにしている。

室田さんが心躍らせて出かける

03 : © Philippe Levy

01. ビュット・ショーモン公園近くにあるお気に入りマルシェ。／02. 色よく蒸しあがった、カボチャとブロッコリー。／03. レストラン「デルス」では、関根拓シェフが腕をふるう。

店は、レストランガイドの「フーディング」でも評価が高い「デルスゥ」。「このお店のシェフの拓さんはアラン・デュカスとかで働いてきて、すごいテクニックを持っている。なのに、あえてストリートフード風に作っていたりするのが、すごく好き」なのだという。取材中、室田さんは「好き」という言葉を何度も口にしては、目を輝かせた。これから先も、そんな「好き」に導かれて、室田さんの料理はますます進化し、魅力を増していくに違いない。

DATA

デルスゥ

Dersou

住所：21 rue Saint-Nicolas 75012 Paris
電話番号：09 81 01 12 73
メトロ： Ledru Rollin, Gare de Lyon
営業時間：火～金 19：00 ～ 24：00、土 12：00～15：30、19：30 ～ 24：00、日 12：00 ～ 15：30
予算：ワイン付きのコース 95 ～ 135 ユーロ
http://www.dersouparis.com

室田さんのおすすめレストラン・食材店

●ジョーンズ

Jones

「下の階に住んでいるお友達がやってる人気店。ここでイベントなどさせてもらうことも」
聞けば、このお店のシェフも料理は独学なのだとか。センスさえあれば、技術は後から追いつく。

住所：43 rue Godefroy Cavaignac 75011 Paris
電話番号：09 80 75 32 08
メトロ：Voltaire
営業時間：月～金 18：00
http://www.jonescaferestaurant.com

02

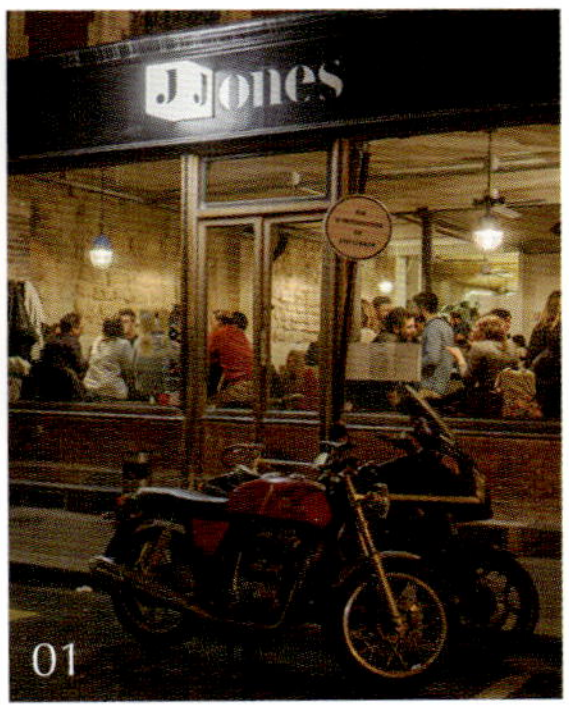

01

01. 地元のお客が多い店内は活気にあふれている。
02. 子羊の肉にたっぷり野菜を組み合わせて。
01,02 : © Marion Gambin

02

01

01. 添加物を一切使っていないナチュラルワインが並ぶ。
02 ハーブを散らしたタコなどの軽食も魅力的。

●オ・ディヴァン・エピスリー

Ô Divin Épicerie

「ここには、産みたての不ぞろいの卵とか、すごいものが置いてあるんです」
パリ近郊で栽培された新鮮な野菜も揃う。

住所：130 rue de Belleville 75020 Paris
電話番号：01 43 66 62 63
メトロ：Jourdain, Pyrénées
営業時間：月～金 9：30 ～ 13：30、16：30～21：30、土 9：30 ～ 21：30、日 9：30 ～ 19：30
http://odivin.fr

topic 4

BENTO抱えてパリジェンヌ

少し前までは「ランチボックス」と呼ばれていたのに、気づいてみると「BENTO」で通じるようになっている。持ち運びができて、栄養がバランスよく摂れる美しい食事、と紹介されてから、じわじわと人気に火が付いた。お弁当箱や、レシピ本も多数販売されている。

パリっ子たちのランチの立派な選択肢の一つだ。

ランチの友、チケ・レストラン

フランスのサラリーマンには、会社からチケ・レストランなる食券が毎月支給される。カンティーヌ《食堂》でだけではなく、パン屋、エピスリーなどでも利用できる、ランチ時の強い味方だ。

弁当箱に入れるもの

ランチはカンティーヌ《食堂》で外食、と決めている人もいれば、ランチパックを、会社内や公園で食べる人もいる。

「前夜の残り物をタッパーに詰めてランチにする」というランチ方法は、もちろんフランスにも以前からあったが、日本のお弁当との圧倒的な差は、その内容にある。

数々のお惣菜が一度に並ぶ日本の食卓とは違い、フランスでは前菜、主食、デザート、といった風にそれぞれが順番に出てくる。そのため、残り物が出ても、ぐちゃ

02

01

01. チケレストラン。徐々にデジタル化され、カード版に切り替えた企業も。／02. 浸透するBENTO文化。／03. パリジェンヌにも大人気のカラフルおにぎり。

topic 4

ぐちゃになった状態で箱に入っている、といった感だ。

健康バランスが計算され、様々な種類の食材が使われる、色彩豊かで美しい日本の弁当が、初めて紹介されたとき、フランス人はどれほど驚いたことだろう。

チケ・レストランでBENTOを

最近では、日本人街（オペラ界隈）以外ででも「BENTO」という表記を見かけるようになってきた。

着目すべきが、BENTOがおしゃれな食事法になりつつある、ということだ。「新鮮さ」や「栄養のバランス」を売りにしているものが多いため、高カロリーの食品を避けたい女性にとって魅力なのだ。

日本のお弁当屋さんのような種類の豊富さはない。だが、ヘルシーなランチを求めて、チケ・レストランを片手におしゃれなパリジェンヌが行列する。

08

09

07

01 07. 店内も遊び心たっぷり。カウンターで6品選ぶ。／08.09. 日本風の味付けがされ、バランスを考えて作られた品々。 07~09：© NEOBENTO

06

05

04

01 04. 魚を中心に美しく彩られたヘルシー食。／05. 魚模様の壁がインパクト大のグラフィックな空間。／06. ラフな質感がかっこいいカウンター。03:© BABYBIO、04:© Marc Forzi

02 NEO BENTO

ネオ・ベントー

日本の弁当文化に感銘を受けたフランス人が、情熱をもって経営する弁当屋。バランスよく栄養素を摂取できるように、野菜3品、タンパク質1品、付添 1品、デザート1品を選んで、詰めてもらう。

住所：5 rue des Filles du Calvaire 75003 Paris
電話番号：09 83 87 81 86
メトロ： Filles du Calvaire
営業時間：月〜土 12：00 〜 18：00
日 12：00 〜 16：30
http://www.neobento.com

01 LE VERRE VOLE SUR MER

ル・ヴェール・ヴォレ・シュール・メール

サン・マルタン運河エリアの人気店、LE VERRE VOLE の「海バージョン」姉妹店。美しく盛られた、新鮮な海の幸を中心にした食材たちが食欲をそそる、お弁当スタイルのランチが話題だ。カウンター、相席テーブル、ランチのみテイクアウトでも。

住所： 53 Rue de Lancry 75010 Paris
電話番号：01 48 03 21 38
メトロ：Jacques Bonsergent
営業時間：12：00 〜 14：00　19：00 〜 23：00
http://www.leverrevole.fr

室田万央里さんが提案する「パリジェンヌ弁当」

パリっ子が求めるBENTOとは？

「カラフル、ヘルシー、一度にたくさんの味が楽しめる！」

「ダイエットのために」「一週間分の野菜を一度に」と、日本のBENTOには、ヘルシーなイメージを持つパリっ子たち。様々な素材が違う味付けで調理され、一つの箱に入っている。その上、美しくかわいらしく。いつものサンドイッチのテイクアウトとは違う、まるで「ご褒美のように」わくわくするもの、なのだそう。パリっ子にも人気の、綺麗な色の野菜スープを加えると、気分も盛り上がる。

日本でも手に入るような素材で気軽に作れる「パリジェンヌ弁当」、そのポイントは？

「素材感や味付けをミックス。カラフルに、おしゃれに」

パリっ子にも人気のおにぎりは、まるでおつまみのように、一口サイズのものをたくさん。工夫してカラフルに、おしゃれに。お米の色を変えてみたり、中身も椎茸にレモン、など珍しい素材と身近な素材をマッチングしてみたり。

日本のお弁当の定番料理も、スパイス、ドライトマトや、上質なオリーブオイルなど西洋のものと一緒に調理し、エキゾチックな味付けに。

作るときのコツなど、こだわりは？

「素材や調味料は上質のものを」

農業大国フランスは、野菜、オイル、調味料等、美味しい素材が簡単に手に入る国。ビオブーム、安心で美味しい素材作りを目指しているローカルな若い生産者がどんどん増えてきている今、パリっ子の間でもそのような上質の素材に対する関心が高まっている。美味しい調味料と素材があれば、料理も必ずとびっきり美味しくなる。たとえ少しお値段が高くても、食べるのが大好きなパリっ子たちのように、美味しいオリーブオイルや塩に投資しよう！

topic 4

ビーツと玉葱のスープ

材料（４人分）冷やしても暖かくしてもおいしいスープ。

玉葱小１個／ビーツ４個／エキストラバージン・オリーブオイル - 大さじ１と盛り付け用／自然塩（適量）／豆乳クリーム大さじ１～２（あれば）／フェンネルシード４つまみ

❶玉葱を繊維にそって薄切りにする。❷オリーブオイルを鍋に熱し、玉葱を薄いきつね色になるまで中火で炒める。❸ビーツは１センチ程の厚さに切り、５分程中弱火で煮る。❹ ミキサーにかけ、塩で味を整える。❺好みで豆乳クリームを入れる。❻器に盛り付け、フェンネルシードを散らす。

カリフラワーとオリーブのピクルス

材料

カリフラワー 200 グラム／オリーブ（緑）６粒
ピクルス液：水 200cc ／米酢 180cc ／三温糖 大さじ２と 1/2 杯／ニョクマム 大さじ１／塩小さじ１／鷹の爪１本　／コリアンダーシード 15 粒

❶カリフラワーは小房に分けてたっぷりのお湯でさっと茹で、ざるに揚げておく。❷ピクルス液材料を鍋にいれ混ぜる。沸騰したら火を止める。❸①とオリーブを瓶に入れ、ピクルス液につける。

干した果物とキャロットのラペ

材料（お弁当にして４人分くらい）

人参　大１本／干しイチジク 1/2 個／干し杏 １個／胡桃１個（あれば）
ドレッシング：エキストラバージン・オリーブオイル大さじ１／シードルビネガー 小さじ１／自然塩 適量

❶人参は皮をむいて千切りにする。❷胡桃は粗みじん、干した果物は３ミリ程の厚さに切る。❸ドレッシングの材料をあわせる。❹ ①②を③にあわせて全体を良く混ぜる。

お握り３種

A ドライトマトとロケット

ドライトマト２枚／ロケットふたつまみ／白いりごま小さじ1/ ２杯

ドライトマトは3センチ程度に切り、ロケットは粗く刻む。炊きたてのご飯にすべて混ぜ込み握る。

B 椎茸とレモン

椎茸２個／レモンの皮 1cm×４cm位／ニョクマム一振り／みりん小さじ１／醤油小さじ 1/２／植物油

椎茸は５ミリ程、レモンの皮は２ミリ程に。小さな鍋に油を熱し、椎茸を入れて、すぐに調味料を入れて中火で炒る。椎茸が透明になりとろりとしたら火から下ろす。炊きたてのご飯にレモンの皮、椎茸を入れ握る。

C 黒米と鮭

塩鮭は２センチ角に切り４つ分を焼く。ご飯１合に対し黒米小さじ２杯の割合で米を炊く。鮭が見える様にして握る。

小さな南瓜のコロッケ

材料（４個分）

南瓜 200 グラム／玉葱みじん切り 大さじ２／塩 適量／シナモンパウダー１振り／クミンパウダー１振り／黒胡椒／オリーブオイル 小さじ１／小麦粉／パン粉／トンカツソース

❶南瓜は皮付きのまま竹串がすっと通るまで蒸す。皮を外してボールの中でつぶす。❷玉葱はオリーブオイルで透き通りやや色づくまで炒めて①に加える。❸②に塩を少し、スパイスを加え黒胡椒を挽く。良くまぜる。❹ ４等分してお握りと同じような丸形に形作る。❺小麦粉をまぶし、余った小麦粉と水を溶いたものを溶き卵の代わりにつけ、パン粉をまぶす。

05

山下　哲也

Tetsuya Yamashita

パリに愛される、
あるギャルソンの物語

profile

1973年東京生まれ。2002年渡仏。2003年夏よりパリの「カフェ・ド・フロール」唯一無二の外国人ギャルソンとして活躍中。「Newsweek」誌（日本版）で世界が尊敬する日本人100人に選ばれる。

「給仕は最高の快楽であり、自らを表現する舞台」と山下さん。

パリで道なき道を行く、日本の「ギャルソン《少年》」

いつも意識しているのは、カフェの文化を継承して守ること。

パリ左岸、サン・ジェルマン・デ・プレ。この地には、19世紀末から存在する伝説のカフェがいくつか残る。

そんなカフェのひとつである「カフェ・ド・フロール」で、ギャルソンとして給仕を務めているのが山下哲也さん。古き良き時代のパリの残り香が怪しく匂いたつ空間に、そのまっすぐな立ち姿が美しく溶けこむ。常連客たちから親しみを込めて「テツヤ」と名前を呼ばれ、「フロールで一番エレガント」と評される彼は、パリ生まれでもなければ、パリ育ちでもない。東京生まれ、東京育ちの、れっきとした日本人だ。

季節を問わず人気のあるテラス席の丸テーブル。深い緑に浮かびあがるゴールドの文字が美しい。

カフェが一生の仕事になるまで

山下さんのギャルソン歴は、かつて東京の表参道にあったカフェ・ド・フロールから始まった。通っていた青山学院大学のキャンパスの近くにあったそのカフェ。フランス文学を愛する学生だった山下さんは、よもやそれが自分の天職になるとも知らず、気軽な気持ちでアルバイトを始めた。

小学校の時の夢は、プロのサッカー選手になることだった。サッカーに明け暮れる少年時代を送り、高校3年生の時は東京都の決勝までチームを率いたことも。それでも、上には上がいる。プロの道は無理だと悟り、将来の夢がなくなってしまった山下さんがひかれたのがフランス文学だった。中でも、「史上かつて最も自由な精神でものを書いた人物」と雑誌で紹介されていたサド侯爵にひかれた。「将来の夢がなくなって、その後何になりたいというのもない、そういう憂鬱な時間にフランス文学に出合った」という山下さん。父親や叔父などがこぞって東京大学出身という厳格な環境のなか、山下さんは異端児だったのだという。就職活動もしてみたけれど、憧れるようなサラリーマンには出会えなかった。

カフェを一生の仕事にしようと思ったのは、97年夏のこと。パリの本店からやってきたギャルソンのミッシェルを見て、その給仕の姿にひきつけられた。言葉の壁をものともせずにコミュニケーションをとり、いかにも愉しそうに仕事をしているその姿が脳裏に焼きついた。

その時にやはりパリから来ていた総支配人のフランシスから「本

01. 夜に浮かび上がるカフェは昼とは違う魅力。どこか濃密な空気に吸い寄せられるよう。／02. お客さまの様子など、店内の動きはいつも意識している。／03. 心地よさを生む、流れるようなサービスは熟練の技。／04. これこそ、幸せの予感に満ちたアペリティフ。

気でやりたいならパリに来ないと」と言われた山下さん。98年春、初めてパリに飛んだ。そして、ありとあらゆるカフェに足を運び、それまではイメージでしかなかったものを目の当たりにした。

速く、強く、美しく

その旅で自分の目で確かめたことをものにしようと、東京に帰った山下さんは努力を重ねた。

パリでは、それぞれのテーブルがひとりのギャルソンに割り当てられている。オーダーをとるのも、給仕をするのも、会計をするのも、担当のギャルソン。ギャルソンと客の間には、ある種の関係性が結ばれ、それは真の意味で行き届いたサービスにつながる。そして、ギャルソンの糧は担当のテーブルでの稼ぎと直結している。つまり、その給料は固定給ではなく歩合制なのだ。そんな、人間らしく、かつ、シビアな世界に魅了された山下さんは、その感覚を東京に戻っても忘れることはなかった。

また、「より速く、より強く、より美しく」をモットーとし、特に動作の美しさにはこだわった。グラスの置き方ひとつでも、「きれいに」ではなく、「美しく」置くように意識した。それは、「人を感動させるのは美しさ」という信念からだった。

２００２年には、ギャルソンとしてカフェ・ド・フロールに立つという目標を果たすため、再びパリへ。パリを象徴するこのカフェには外国人ギャルソンが一切いないけれど、山下さんは、いつか読んだ村上龍の小説にあったような「意志を孕んだ予感」を抱いていた。「雇うのは不可能」と言う総支配人には『わが辞書に不可能と

1803 年創業のメダル・宝石商アルテュス・ベルトランが手がけた、フロールのピンバッジ。

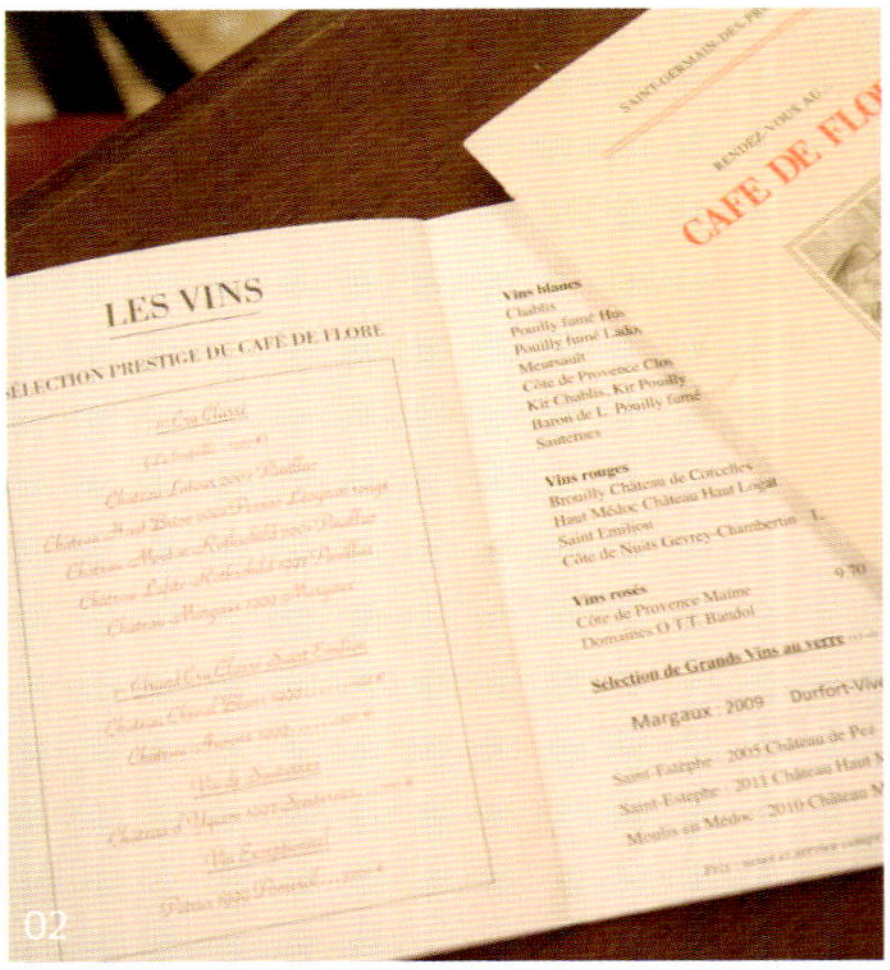

01 ラリックのシャンデリア。／ 02. 充実したワインのラインナップ。／ 03. 山下さんをパリに呼んだフランシスと。／ 04. エレガントな空間に、その姿が自然に溶けこむ。／ 05. 番頭台のナディーヌと談笑する。／ 06. とろりとした黄身に、パンを浸して召しあがれ。／ 07,08. 毎日の激務を支える、大切な仕事道具。「J.M. ウエストンの靴は、決して華美ではないけど上品」。

いう文字はない』というナポレオンの言葉で応酬した。

　渡仏して10カ月後。その情熱を認められて予備要員として働き始めた山下さんは、２００４年暮れには晴れて就労ビザを手にすることに。ビザ申請の際には、表参道のカフェ・ド・フロール時代からの山下さんを知る、指揮者の小澤征爾さんが推薦状を書いてくれた。「征爾さんの助けがなかったら今の僕はない」と山下さん。申請がおりたときは、「やっとスタートラインに立てた」とあらためて決意すると同時に、男泣きに泣きまくったという。誰にも負けない情熱でカフェに立つ山下さんだからこそ、周囲も思わず手を差し伸べたくなったのだと思う。

　２００５年4月、山下さんは外国人初のギャルソンとして、毎日カフェ・ド・フロールに立つことに。つまり、この由緒あるカフェに、正式に「メゾン入り」したのだ。

カフェは、避難所

「僕は、カフェ・ド・フロールのギャルソンを演じている俳優。哲学者のサルトルも言っていたように、このカフェは劇場」と語る山下さん。その名優ぶりに目をつけたカール・ラガーフェルドが、給仕中の山下さんを主役に写真を撮ったことも。その写真は、誰もが知るフランスの女性誌「Elle」に見開きで紹介された。

そんな、自他ともに認める稀代の名優である山下さんの心の奥には、カフェに対する深い愛情がある。「僕は、カフェのギャルソン、そしてカフェそのものに出会って人生を救われたから、カフェに対する愛が強い。『この世界だったら、本気で世界で勝負して、なおかつ勝つことができる』と思って始めた」。

2015年のパリの連続多発テロの後には、改めてカフェの在り方について考えさせられた。「あのテロの後にお店で再会する常連のお客さま達と交わす挨拶の握手は、それまでとは意味合いが違った。これもサルトルが言っていたことなんだけど、カフェは避難所でもあるんです」と山下さん。「たかがギャルソン」と自ら言うこともあるけれど、山下さんの心は自らの職業に対する愛、そして揺るぎない誇りに満ちている。だからこそ、「されどギャルソン」なのであろう。

かつてカフェに憧れた青年は、今や、カフェ文化を支え、その伝統を守る立場に。パリを象徴するといわれるカフェで、新人の教育係としても頼りにされる存在だ。「憧れはパワーの源だけど、憧れているうちは、片思いみたいなもの。愛し合った方がもっと愉しい」と山下さん。天職にめぐりあった人だけが味わえる快楽が、たしかにあるのだと思う。

同僚ガエルからも、先輩格として一目置かれ、慕われている。

DATA

カフェ・ド・フロール

Café de Flore

住所：172 Boulevard Saint-Germain 75006 Paris
電話番号：01 45 48 55 26
メトロ：Saint-Germain des Prés
営業時間：毎日 7:30 ～ 25:30
http://cafedeflore.fr

通い続けるビストロと毎日の和食

毎日の給仕の前と後では、体重が3キロ変わるという山下さん。オフの日は極力体を休める。深夜まで仕事をしているから、起きるのはお昼すぎ。そんな時によく行くお気に入りのビストロが「ル・コントワール・デュ・ルレ」。この店、夜は完全予約制だけれど、昼は逆に予約は受けつけず、カジュアルながらエスプリに富むフレンチを食べることができる。「昼のラストオーダーがないから、オフの日に15時くらいに行くことも出来て便利。それに、シェフのイヴはフランス文化に対する愛がすごく強い」と、その姿勢に共感を覚えるという山下さん。

時には、パリで活躍する日本人シェフが腕をふるうレストランに行くことも。パリで独自の道を切り開いてきた先輩格の山下さんだから、シェフ達は敬意をもって歓待する。

ご自身の得意料理は、ブフ・ブルギニョンなどの煮込み料理。これは、パリに到着して語学学校に通っていた頃、有り余る時間があった時代の名残りらしい。「当時、煮込み料理を作ることで、すごく気が紛れたんだよね」。将来が見えず不安になりがちな時に、美味しい煮込み料理を作る。そんな時間の使い方は、誰にでも出来ることではない。

水・木がオフの山下さんにとって、金曜日は仕事始め。朝9時に起きて、コーヒーを飲み、煙草を吸い、コンピューターを立ち上げ、少しずつ目を覚ます。その後は、毎週決まって、1週間分の仕事用

01. 行きつけの店でリラックスした時間を過ごす様子は、まさにパリジャン。／02.「ル・コントワール・デュ・ルレ」のテラス席。／03. 同ビストロご自慢の各種ドライソーセージ。／04. 男子厨房に立って、心身ともにリフレッシュ。

のシャツにアイロンをかける。そして、給仕の時に履く「J・M・ウエストン」の靴を丁寧に磨く。そうやって、リラックスしながらも、気持ちを仕事に切り替えていくのだという。山下さんの時間の使い方は、どこか優雅だ。

　お昼には、ごはんを炊き、奥さまお手製の味噌汁と、おかずを一品。もしくは、定期的に自ら仕込むという大好きなカレーライスを。３時には家を出て、フロールまで徒歩15分の道程を歩きながら街の様子や天気などを観察してその日の給仕をシュミレーションする。ゆっくり着替えても４時からのサービスにはまだ時間が残るけれど、「あわただしく着替えたりするのは嫌」と、その習慣を崩すつもりはない。「僕の毎日は大いなるルーティンワーク」と笑う山下さん。その毎日の暮らしは、ベスト・コンディションで仕事に臨むために整えられている。給仕についている時間のみならず、それ以外の時間も、給仕につくために使っているのだ。

　山下さんは、「少年《ギャルソン》よ、大志を抱け！」というフレーズを好んで使う。それは、これから世界を目指す若者はもちろん、自分自身へ向けたメッセージでもあるそう。大志を抱き、進化し続けるギャルソンから、これからも目が離せない。

DATA

ル・コントワール・デュ・ルレ

Le Comptoir du Relais

住所：9 Carrefour de l'Odéon 75006 Paris
電話番号：01 44 27 07 50
メトロ：Odéon, Luxembourg, Saint-Michel
営業時間：ランチ 12：00 ～ 18：00（土・日は～ 22:30)、ディナー 20:30 ～（要予約、土・日、祝日、ヴァカンス期間中を除く）
予算：前菜 5 ～ 18 ユーロ、メイン 14 ～ 42 ユーロ、デザート 6 ～ 11 ユーロ
http://www.hotel-paris-relais-saint-germain.com

山下さんのおすすめ食材店

●ラ・グランド・エピスリー・ド・パリ

La Grande Epicerie de Paris（食料品店）

「自宅から散歩がてら行けるし、買い物をしている素敵なマダムを観察するのも愉しみ」

住所：38 rue de Sèvres 75007 Paris
電話番号：01 44 39 81 00
メトロ：Sèvres Babylonel
営業時間：月～土 8：30 ～ 21:00
定休日：日
http://www.lagrandeepicerie.com

01. 近年改装され、ますます洗練された店内。
02. 地上階入口付近には美しいケーキ類が並ぶ。

topic 5

パリのカフェ活用術

「フロールでギャルソンをやっていて、ただ一つ残念なことがあるとすれば、それは客としてフロールに来れない、ということですね」と、冗談まじりに嘆く山下さん。

そんな山下さんが理想とする、カフェ・ド・フロールをはじめとする、パリのカフェの有意義な活用術を伝授していただこう。

カフェサラダで腹ごしらえ

何時《いつ》でも気軽に、おしゃれに食事ができるカフェは、観光に忙しい旅行者やサクッと腹ごしらえをしたいパリっ子たちの頼もしい味方だ。日本でも人気の「カフェごはん」と言われてまず思い浮かぶのが、クロック・ムッシュや、オニオングラタンスープといった定番もの。しかし実は一番食べ応えがあり、軽食という名がふさわしい上に種類が豊富な↘

01.「お客としてフロールに来てみたい」と山下さん。
02. ボリュームたっぷりのサラダ・フロール。

↙のが、サラダ、だ。「たかがサラダ、されどサラダ」と山下さんが言うように、実はとても奥が深く、観光客が見逃しやすい隠れた定番だ。特に夏が近づくと、ダイエットに励むパリジェンヌたちにとって、サラダの需要は最高潮。日本のカフェで注文できるサラダは、いわゆるサイドディッシュ的なコンパクトさが売りだが、パリのサラダは主食で十分通用するボリュームなので、美術館《ミュゼ》を一周するためのエネルギー補給も十分できるというわけだ。

旅行中は連日、夕食《ディネ》でフルコースを楽しむ反面、昼食はできるだけ胃を休ませたい、と思うもの。同様に、昼食《デジュネ》でフルコースを堪能した日の夜は控えめに…そんな時には、是非カフェサラダで休憩したい。旅行中忘れがちになる野菜補給にも最適だ。

　フロールでは、定番のミックスサラダ（Salade Flore）の他、フレッシュなカニサラダ(Crabe Royal Mayonnaise)がある。そして常連でもあった左岸を代表するデザイナー故ソニア・リキエル氏にちなんで命名されたというクラブサンドイッチ(Le Club Rykiel)も、蓋を開けてみると実はサラダなのだそう。

利用時間をずらす

　通常、朝のコーヒーを飲むために使う、と思いがちなカフェだが、パリっ子は時間に関係なく、そして時にはその日のうち何度も、カフェ↘

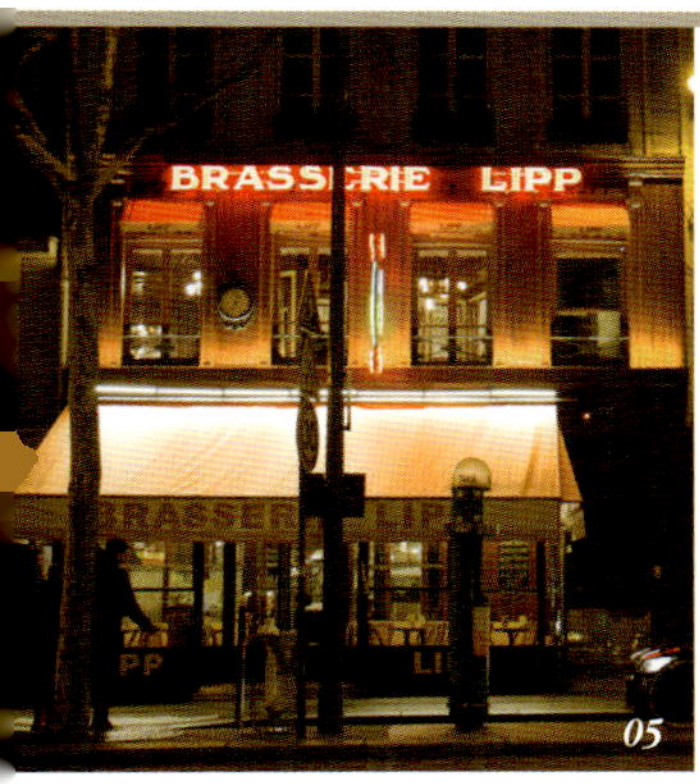

03. 夜も更けると客足もひき、落ち着いた雰囲気の中でくつろげる。
04. 暖かくなってくると、テラスで昼下がりのひとときを。
05. フロールのテラスから見渡せるサンジェルマン界隈。通り向かいは、老舗 LIPP。

↙に足を運ぶ。朝刊を読みながらクロワッサンをコーヒーにつけてほおばり、職場の仲間とランチのサラダ、ショッピングの合間にカフェ・クレームで一休み。時には、クライアントとのミーティング、仕事帰りにリフレッシュ。人物ウォッチングをしながらの軽食。一人の時も大勢のときも。どんな時にも気軽に利用できるため、カフェの使い方は十人十色で表情豊かだ。

　山下さんが特にお勧めするのが、夕食後。23時も過ぎると、混雑時がうそのように、まったりとした雰囲気が漂う。食後の一杯、ディジェスティフ（食後酒）をゆっくりといただくのに最適だ。季節や気候に合わせて、ギャルソンに相談して選んでみよう。その時の気分にあった薫りを楽しめること間違いなしだ。

散策の一角として

サンジェルマンの一等地にあるフ

ロール。その立地条件から、ショッピングの合間、散歩の途中、美術館の帰り、映画鑑賞の前、と利用シーンは数多くある。カフェの活用法を熟知する常連客は、気分に合わせて、散歩のついでのようにカフェに立ち寄る。

「フロールでアペリティフを召し上がって、その足で通り向かいのLIPP（サン・ジェルマンの老舗ブラッスリー）で食事、そしてまた食後酒を飲みにフロールに戻って来る方もいらっしゃいます。」と、山下さん。夕食後のデザートだけ食べにくる客や、反対に軽い食事だけすまして、パーティーに向かう人もいる。最高にロマンチックな夜景を見にケー（セーヌ川沿いの遊歩道）を散歩した後、最後の一杯を飲みに現↘

3

02

01

01. いつでもいただけるカフェは絶品。
02. フロールの伝説の一品、WELSH RAREBIT。ビールと一緒にいただくのがおすすめ。
03. デザートのおすすめは、フランス菓子の王道のプロフィトロール。

↙れる恋人たちもいる。フロール前は必ず通るもの。そして自然に訪れる場所なのである。

目当ての一品を見つける

フロールには、他では食せない名物料理がある。1930年からパリで何十年も独占権を守ってきたという、WELSH RAREBITという皿だ。チェダーチーズをビールで溶かし、食パンの上に流し込んだものをさらにオーブンで焼き上げるという、珍しいものだ。ビールのコクが浸み込んだ癖になる味には、目当てに通う根強いファンも多いという。

気に入った味を発見すると自然とそこの常連となっているもの。定番メニューの中からセレクトするのもよいが、時にはギャルソンの「おす

すめ」にも挑戦してみよう。

贅沢品をカジュアルに

サン・ジェルマン界隈にも数多くある高級レストランでは、いわゆる高価な食材も賞味できるが、山下さん曰く、「カフェだからできるリュクス（贅沢）かつカジュアルな食べ方」があるそうだ。お勧めは、キャビアを半熟卵 (oeuf à la coq) にちょこっとのせ、パンをぬらして食べることだという。「たまにこういう召し上がり方をされるお客様がいますが、かっこいいなーと思いますね」、と山下さん。

高級レストランでは気取っていただく食材も、カフェのくだけた雰囲気の中だからこそ可能になる、形にとらわれないカジュアルな食べ方。是非実践してみたいものだ。

世界の中心の一部になるひと時

通常、フロールでは予約を受けつけないが、格別な常連や、いわゆ↙

06

05

04

04. 一般的なキャビアの食べ方（ブリニス、クリームとレモン）もカフェだとなんだか特別な気分。
05. フロールならではは、まさに左岸のエスプリ溢れるキャビアの食べ方。シャンパーニュと一緒に。
06. RESERVE プレートがのったテーブル。

↙るVIPと呼ばれる人たちには、例外としてRESERVE席を設ける。

あのフロールにRESERVE席を確保する。そのハードルは高そうだが、「たくさん通って、いつか座っていただきたい」と山下さん。

フロールは世界中から著名人が集まる、パリ屈指の社交場でもある。さりげなくコーヒーをする映画女優、毎週同じ時間に訪れるデザイナー。足を踏み入れるや否や、華やかな世界が目の前に広がる。しかし、サインや握手を求めるのはやはり無粋であり、ギャルソンたちはさりげなくだが、そういったお客のプライバシーを守るかのように、背筋をさらにぴんと伸ばす。

誰もが憧れるRESERVE席を狙って、繰り広げられるカフェ・ド・フロール・ワールド。そしてそれは誰もが世界の中心の一部になれる場所なのでもある。

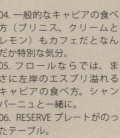

06

富永　典子

Noriko Tominaga

日仏経済交流の最前線で
国、文化、人をつなぐ

profile

欧州連合駐日代表部などを経て、2001年から日産カルロス・ゴーン社長の秘書室課長。04年からパリ＝イル・ド・フランス地方商工会議所国際局・日仏経済交流委員会に勤務。07年から同委員会ディレクター。

日仏の経済人や企業家たちの橋渡し役として活躍する富永典子さん。

出会いと感謝の心を力の源泉に

背が高い富永さんには帽子がよく似合う。

カルロス・ゴーン日産自動車社長の元秘書室課長で、6000人のスタッフを抱えるパリ＝イル・ド・フランス地方商工会議所で唯一の日本人。日仏のビジネス関係のさらなる発展をめざして同所が設立した日仏経済交流委員会のディレクターを務める富永典子さん。2014年には、フランスを公式訪問した安倍総理大臣をお迎えした。さまざまな産業分野にわたるフォーラムや講演会を企画するなど、経済人の交流のために日々奔走している。

〝日々精進〟の姿勢に感銘

経済界のトップと肩を並べて活躍する富永さんは、すらりと背が

パリ商工会議所のオフィスで。アシスタントと研修生とともに、交流会や講演会の立案や準備を行う。

高く、キャリアウーマンのイメージそのもの。しかし、苦労話さえも朗らかに、早口でさらりと飛び出してくる。「キャリアそのものは、探したり追いかけたりする対象ではないと思うんです。生きがいを求め、挑戦を重ねるうちに、自然にキャリアを築いていけたら、と思っています」。

トップに出会うたび、わけ隔てのない〝人となり〟に感銘を受けるという。「そして自分にも厳しい。これこそが〝日々精進〟だと思います。先見の明があり、勇気と責任を持って判断・決断する。それってすごいですよね。成功という言葉をめったに口にせず、絶え間ない努力を続けられる…そういう人が上に立つ気がします」。

なかでも思い出深いのはカルロス・ゴーン氏。「多くのことを学ばせていただきました。支えるなんておこがましい。支えられていたのは私の方でしょう。でも本当にがんばりました。『忙しいのではない、オーガニゼーションの問題だ（C'est une question d'organisation）とよくいわれていたので、今でも絶対『忙しい』とは口にできません。『ちょっと段取りが悪い（Je suis mal organisée）』んです」。

富永さんがしばしば使うのは、感謝という言葉。「いつも誰かに助けられてきました。ひとつの出会いから人と人がつながっていく。つながりのありがたさを、いつも感じています」。現在の仕事は経済分野だが、目的は、人と人との交流だ。

そんな富永さんが、フランス生活のなかでもっとも思い出深い時期は、フランス留学時代だそう。

日本の大学でフランス文学を学

02

01

04

03

01. 富永さんの事務所が入るブルス・ドゥ・コメルスの地上階。天井には、アジアなど五大陸を象徴する絵が描かれている。／02. 富永さんが師と仰ぐ、日仏経済交流委員会特別顧問ルイ・シュバイツァー氏の自叙伝も出版した。／03. シュバイツァー氏と。ルノーと日産の提携を実現させた人物だ。／04. オフィスに上がる階段で。

んだ後、フランス西部のアンジェで外国人向け語学講座を受講。ほとんど話せないまま1年ほどたったある日、郵便局でフランス人とけんかに。気づくとフランス語で主張していた。「フランス語をじっくり聞いていたことがよかったんでしょうね。文法はできるが話せないと日本人は嘆きますが、学んだことは必ず身になります」。続いてアンジェ大学に入学。フランス人と席を並べた。専攻は、当時の日本にはほとんどなかった観光学科。「今思うと、観光立国をめざす現在の日本が必要としている人材を育てるための学科で学べたことは、幸せでした」。

日本に戻ると、在日フランス大使館経済部、続いて単一市場が誕生したばかりの欧州連合駐日代表部に勤務。そしてゴーン氏の秘書を務めていたとき、銀行の駐在員だったご主人のピエール＝イヴ・カルパンティエさんがフランスに戻ることに。一人で日本に残る選択もあったが「日々の重責をハードだと感じなかったのは彼がいてくれたから」と実感し、渡仏する決心をする。厳しい経営者であると同時に「家族が一番大切」とつねに口にしていたゴーン氏も、その決断に理解を示してくれたという。

懐の深さと、厳しさと

こうして2003年末に渡仏。翌年にはナポレオンが創設したというパリ＝イル・ド・フランス地方商工会議所の日仏経済交流委員会で働き始めた。4年後にディレクター就任を打診されたが、歴代ディレクターはフランス人だったため、「私は日本人ですが…」と

2015年9月に開かれた観光フォーラムで。2016年は航空産業をテーマに行事を開催予定。

02

01

05

04

03

01. ブルス・ドゥ・コメルスにある“交差しない階段”。穀物取引所だった18世紀、荷物を抱えた人々がスムースに昇降できるように設置された。／02. 天井のフレスコ画。／03. ブルス・ドゥ・コメルスは歴史的建造物に指定されている。／04. 05 床のタイルとガラス窓が美しいアーケード“パッサージュ・ヴェロ・ドダ”。

いうと、返ってきた言葉は「Et alors?（だからどうしたの?）」。「フランス人の懐の深さ、心の広さを感じましたね。能力があれば、国籍を問わず責任を与えてくれます。私のポストは日本ではあり得なかったのではないでしょうか。一方で、外国人だからといって容赦しない厳しさもあります」。

フランス人の中で、さまざまな分野の人々と関わる責任と緊張感は、どれだけ大きいものだろう。「仕事の厳しさはどの国でも一緒。あるのはDifférence（違い）でDifficulté（困難）ではない、なんて偉そうにいっています。HEC（経営大学院。高等職業機関グランゼコールのひとつ）のエグゼキュティブMBAを取得したときも、18カ月間学校と仕事の両立との闘いでした。無事に終えられたのはフランス人クラスメートの助

け と職場の理解。人と人との信頼関係による支え、といえるでしょうか」。

日本人としての新たな自覚

欧州、フランス、日本を舞台に活躍して約25年。この数年、心の変化があった。「夢中で仕事をしてきましたが、もっと自分や家族のために時間を使おうと思い始めたんです。私が身を置いている経済の分野も、人、組織、国の文化や歴史の集大成。自分が豊かにならなければ、仕事に深みを増すこともできません」。夫と語り合い、友人と意見交換し、これまで読めなかった本に目を通す日々。日本を、また日本人としての自分を見つめなおす機会にもなった。

富永さんは、箏曲が縁で結ばれた両親を持つ。琴や日本画、書道を学び、無意識のうちに日本の伝統文化の中で育った。いま再び、パリで書道を習い、ある発見があった。「お手本にならい、筆遣いを詳細に観察する。集中していないと線も曲がってしまう。こうして日本人は先人の技を学び、消化し、独自のものを生み出してきた。書道を極める工程は、日本人の繊細さと類まれな〝学ぶ〟能力の原点のひとつかな、と思ったんです」。

さらに、神道を学ぶ学生と出会い、神道とは何かと尋ねた。学生の答えは一言、「感謝すること」。「すべてにありがとう、と思いながら生きる。日本人の体にしみこんでいることですよね。これですべて納得、すっきりしました」。

職場は、ルーブル美術館にも近いパリの真ん中。毎朝地下鉄を降り、19世紀初めに造られたアーケード〝パッサージュ・ヴェロ・ドダ〟を通り抜け、80歳のおじいちゃんやギャラリーのオーナーとおしゃべりする。近くには自分のvérité（フランス語で真実の意味）を見つめる〝みそぎの場所〟がある。「えっ、どこかって？　それは秘密です」。短い通勤路には、パリの美しさと、人とつながることのあたたかさが凝縮されているようだ。

職場の近くにあるビストロ「ルイーズ」のオーナーと。ご主人や友人たちと立ち寄ることもある。

大切な人と、思いを重ねて味わう料理

仕事がら外食が多いが、家が一番という富永さん。日本に住んでいた頃から、どんなに仕事が遅くなっても自宅で食事をつくっていたそう。「電車の中で、冷蔵庫に何が残っていたかを思い出しながら、レシピを考えるのが日課。夫は〝ノコリもの〟とは言わずに、〝ノリコもの〟といって喜んでいます」。

片付けと買い物はご主人の担当。買い物は自宅近くのマルシェ（市場）で、パリ16区のプレジダン・ウィルソン大通りのマルシェが御用達。「買い物に行くというより、おしゃべりしに行くみたい。買う物もないのに『一回りしてくる』といって挨拶しに行って、必要ないのに買いこんできます」。

ピエール＝イヴさんはときには料理もこなす。とくに初めて作ってくれた料理は忘れられないそう。「今でも私の誕生日に作ってくれます。極厚のステーキと、玉ねぎをいためたもの、そしてセップ茸。シンプルだけどすごくおいしい。思い出も、思いも詰まっているし」。恰幅のいいご主人との仲のよさは、友人の誰もが認めるところのようだ。とはいえご主人の体が心配で、買ってきた大量の食材を隠したこともあるとか。

ワインやシャンパーニュを囲む夕べも大好きで、試飲会を開いたことも。最近飲む量がぐっと減ったそうだが、「友人との楽しい場面や休日の前日にいただきます」。外食をするときには、つくる人の顔が見える店が中心だ。たとえば一ツ星レストラン「ドミニク・ブ

01

02

03

01. 旬の食材にスパイスやアジアの風味を組み合わせた料理が楽しめる。 ／02. 木目を基調にしたあたたかい内装。壁にはワインがずらり。／03. ルーブル美術館やパレ・ロワイヤルのすぐ近く。落ち着いたグレーの外壁が目印。　01~03：© Zébulon

シェ」のオーナー夫妻とは、10年以上前にコンサートで席が隣同士となり、意気投合して親友になったそう。最近気に入っているのは、フランス料理店「ゼビュロン」。「日本での修行経験もあるカメルーン出身のシェフがつくるオリジナル料理。今年はTICAD（アフリカ開発会議）が初めてアフリカ大陸で開かれるので、注目しています」。出会いや人とのつながりを大切にする、富永さんらしいエピソードばかりだ。

DATA

ゼビュロン

Zébulon

住所：10 rue de Richelieu 75001 Paris
電話番号：01 42 36 49 44
メトロ：Palais Royal-Musée du Louvre
営業時間：月～土 12:00 ～ 14:00、19:00 ～ 22:00
予算：ランチコース 20 ユーロ～、ディナーコース 45 ユーロ、メイン料理 26 ユーロ～
http://www.oenolis.com/zebulon-palaisroyal/

富永さんの他のおすすめレストラン

●ドミニク・ブシェ
Dominique Bouchet

「飾り気のないストレートな味がシェフそのもの。日本大好きシェフ（奥様も日本人）が、銀座にもお店を出した！」

住所：11 rue Treilhard 75008 Paris
電話番号：01 45 61 09 46
メトロ：Miromesnil
営業時間：月～金 12:00 ～ 14:00、19:30 ～ 21:30
http://www.dominique-bouchet.com/

01. ホタテのカルパッチョは、色も鮮やか。／ 02. 落ち着いた雰囲気の１つ星店。
01,02：Ⓒ Roman Herbreteau

●ブレッツ・カフェ
Breizh Café

「素材にもコンセプトにもこだわったソバ粉のガレットやクレープに舌鼓を打ちます。オーナーとは家族ぐるみの付きあいです」

住所：109 rue Vieille du Temple 75003 Paris
電話番号：01 42 72 13 77
メトロ：Saint-Sébastien - Froissart
営業時間：水～土 11：30 ～ 23：00（日～ 22：00）
http://breizhcafe.com/

01. 一口サイズのクレープは、前菜やお酒のお共にぴったり
02 観光地でもあるマレ地区にある大人気店。
01,02：Ⓒ Breitz Café

topic 6

挨拶を、パリのマルシェで

パリっ子たちの胃袋を満たす、マルシェ。それはただ単に「食料を買う場所」ではない。スーパーだけでも済む日々の買い物のために、わざわざ時間をかけてマルシェまで出向くのには、それなりの理由がある。マルシェは、生活する人々の日常の一部だ。そして、それはフランスの文化の一部でもある。

毎週の恒例行事

パリ市内だけでも、様々な形態（常設、仮設の青空市など）や種類（生鮮品、蚤の市など）のマルシェが約90も存在する。一番人が多いのは週末。日用品はスーパーで間に合わせる界隈の住人が、マルシェまで生鮮品を調達に出てくるからだ。午前中のみの店が多いので、早めに食料品を買い込み、それらを調理してブランチを楽しむ家庭も多い。

挨拶も楽しくなる情報市場

毎週末には必ずマルシェに出向く富永さんご夫妻。「買い物に行くというより、おしゃべりに行くみたい」というように、馴染みの客となると、親しくなった人たちとの社交を楽しむ。新鮮な食材を、お店の人と会話をしながら、自分の手に取り吟味する。これは、どこのマルシェでも見られる、日常の風景だ。

また、おしゃべりをしながら、旬の品を薦めてもらったり、生産者のこだわりやうんちく、調理の仕方や食べ方、などの情報を仕入れることもできるので、おしゃべりにも熱が入る。まるで、情報市場だ。

季節を実感、常に旬なスポット

スーパーでばかり買い物をしていると、トマトが夏の野菜だということを忘れがちになる。そんな「ずれた季節感」を改善したいときには、迷わずマルシェへ。今一番旬なものに出会える。アスパラがお目見えし始めると、もう春だ。

土地柄が表れる、界隈の顔

界隈毎に異なるマルシェの表情。それは店に並ぶ商品でもあり、利用する客でもある。ありとあらゆるものが低価格で売られているパリ東部のマルシェには多国籍な雰囲気が漂う。それとは対照的に、パリ西部のマルシェは食料品店が多く、値段も多少高めだ。

topic 6

01 Marché Président-Wilson

マルシェ・プレジダン・ウィルソン

富永さんご夫婦が通う、近代美術館前に立つマルシェ。一流シェフも仕入れに通うという、品質の高い美しい野菜果物、肉や魚介類のスタンドが軒を連ねる。値段も高めだ。カリスマ八百屋のジョエル・チエボーさんの食用花や、珍しい野菜の陳列は必見だ。

住所：avenue du Président-Wilson 75116 Paris
メトロ：Iéna.
営業時間：水〜土　7：00 〜 14：30

09

07

08

06

01
06. 朝早くから賑わう八百屋。／07. ジャガイモ・バーも。／08. 色彩美しい食材が大人気のイタリア惣菜店ロゼオ。／09. ジョエル・チエボーさんの食用花。

04

05

03

01

01~05. マルシェでは季節毎に今一番旬の食材が並べられる。

02

14

15

03
13. ブルターニュ通りにある、マルシェの入り口。／14. 買ったお惣菜をその場で食せるので、ランチタイムは特に賑わう。／15. 中心部分は生鮮品売り場。

13

12

11

02
10. 苺が1キロ1.5ユーロ!／11. ビオ製品専用のスタンドも登場。／12. あのアラン・デュカスもお勧めする食肉加工品店。

10

03 Marché des Enfants Rouges,

マルシェ・デ・ザンファン・ルージュ

パリ最古、重要文化財にも指定されている、常設マルシェ。生鮮品を販売するスタンドを見回るのはもちろん、多数あるお惣菜屋さんで調達した品々をその場で食することができるのがなによりも楽しい、おしゃれマルシェだ。

住所：39 rue de Bretagne 75003 Paris
メトロ：Filles du Calvaire
営業時間：8：30 〜 19：30（日のみ 14：00 まで）
定休日：月

02 Marché d'Aligre

マルシェ・ダリーグル

バスチーユ近辺の下町情緒漂うマルシェ。屋外は主に生鮮野菜や果物。常設の屋内市場には、肉、魚やお惣菜屋。そして週末にはブロカント（蚤の市）も開催されているので、見どころたくさん。異国の言葉が飛び交い、常にエネルギーに満ちている。値段の安さも魅力だ。

住所：Place d'Aligre 75012 Paris
メトロ：Ledru-Rollin
営業時間：屋外 7：30 〜 13：30、
常設 9：00 〜 13：00　16：00 〜 19：30（日は 13：30 まで）
定休日：月

＊パリ市が運営する情報サイトで、マルシェの営業時間が一覧できる。（フランス語）http://marche.equipement.paris.fr/tousleshoraires

07

鈴木 健次郎

Kenjiro Suzuki

伝統工芸をクリエイトして、生きるパリ

profile

1976年東京生まれ。東京の服飾学校で学び既製服業界で働いた後、2003年に渡仏。仏最高のテーラー「スマルト」ヘッドカッターを経て、2013年、パリ初の日本人テーラーとして独立・開業。

体のラインにぴったり沿った美しいスーツは、
もちろん自身の手になるもの。

逆境を乗り越え、最高の美を作る

自身の名を掲げたアトリエ・ブティックの前で。

パリ8区。楽器の専門店が集まるEurope駅界隈に、鈴木健次郎さんのアトリエ兼ブティックがある。鈴木さんはパリ初、そして現時点では唯一の、日本人タイユール（テーラー）だ。

「タイユール」とは、スーツやジャケットなどの高級紳士服をフルオーダーで製作する職人のこと。顧客と共に布を選び、採寸して型紙を取り、仮縫いを重ねて一着を仕上げる。その各工程で、長い歴史が磨き上げた技術が求められる、モードの国フランスの伝統工芸職人だ。同時に、顧客の要望や個性、時代の風を反映し、美しいフォルムに昇華するクリエイターでもある。

01.02. 顧客の体型に合わせて立体的なフォルムを実現し、着る人独自の空気感を出す。そのために布に入れる糸は、ほとんどを手で縫い付ける。

何もかもが違う パリのテーラード

鈴木さんがこの店を構えたのは2013年の夏。パリ最高峰のテーラー「スマルト」でヘッドカッター（製作部門の責任者）を務めた後、縫製職人である妻の美希子さんを伴い、満を持しての独立を果たした。名声は欧州各国へ広がり、日本では彼の出張受注会を待ち焦がれる客が列を成す。

鈴木さんとパリの物語は2003年、冬のパリで始まる。それまでも旅行や学業で訪れたことはあったが、この時は違った。働くためという明確な目標があったが、最大の違いは、「もう日本には帰らない」という覚悟。中学時代から感じ続けた「日本に居場所がない」という感覚が、鈴木さんの背中を押したのだという。

居場所を求めてパリを選んだのは、敬愛する日本人デザイナーの影響だった。その作品と考え方の強さで鈴木さんを魅了した人は、パリを深く知り、パリの美意識の高さを折に触れて話してくれた。

「ヨーロッパ、特にパリでしっかり経験を積んだ人の持つ、本物の感覚。彼女を通してそれに触れて、パリに行けば美しいものがある、と考えたんです」。

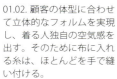

当時の希望は、既製服のハイブランドのパタンナー。紳士服は学生時代から作ってきたが、身近すぎて、「美しいもの」が作れる題材と思えなかった。それでも出会いの繋がりから老舗テーラーで研修することになり、紳士服の世界へ再び足を踏み入れる。そこでテーラードの美しさに目覚め、それからの体験は強烈だった。

「習ったことをも早く身につけようと必死で、毎日休み時間や休

01. 布見本は1万種にも及ぶ。／02. スーツの上着を1着仕上げるためには、約70時間を要する。03. ブティックとアトリエを仕切るカーテンは、紳士服の布で制作。／04. 細かなパーツの集合が、スーツを構成する。

日に自分の服を少しずつ縫っていたんです。ようやく出来上がった服にプレスし、腕を通した瞬間驚きました。なんだこれは、と」。

その製作工程は、日本で習い覚えたよりずっと細かいものだった。例えば日本では5つの工程で済むものを、12の工程をかけてより丁寧に行う。それも「絶対にこうでなければならない」という、厳密に定められたやり方でだ。しかも先輩職人たちは、「なぜ」を教えてくれない。ただ「ずっとこうしてやってきて、これが一番だから」と押し切る。それに疑問を抱きつつも、実際に作ってみた結果は……。「ただもう驚きでした。こうまで違うのか。身につけた時の感覚も、何もかも」。

歴史に裏打ちされた技術と様式、そのがんじがらめのルールがあるからこそ生まれる表現。日本の伝統芸能にも通じる美のあり方に魅了され、目標は紳士服職人の最高位である「カッター」へと変わった。研修生ではなく職人として老舗に就職し、本格的な修行を開始する。しかしそれは同時に、激闘の日々の始まりでもあった。

ひたすらに裁ち、縫った戦いの毎日

フランスのテーラードの世界は、21世紀の今も閉鎖的だ。グローバル化が進み、英語が共通語の既製服業界とは全く違う。10代の初めから工房に入り、この道一筋の男たちが、腕一本で競い合う。外の世界に興味はなく、服作りの実力だけが評価基準。接客や外商をこなすオーナーは幅広い教養を備えた紳士だが、その下で服を作る職人たちが生きるのは、荒々しい競争原理の社会だった。工房内に

妻の美希子さんと向き合っての制作風景。パリで切磋琢磨し合った戦友同士、言葉少ななやり取りの中に、信頼感がにじみ出る。

01. 愛用のハサミは日本製。／02. スーツの色味に合わせて、シックなトーンの糸が並ぶ。／03. 数量限定の布は価格を抑えて提案する。／04. 素早く、かつ正確な動作。／05. 数着の注文を同時進行で作っていく。／06. 紳士服用の布を貼った特注家具。

は、鈴木さんが初めて話した東洋人、という職人たちも多かった。

ヨーロッパの閉鎖的な世界とはすなわち、欧州至上主義の温床でもある。まして紳士服は、パリが世界最高の舞台だ。誇り高い職人たちにとって、鈴木さんは、無条件の差別の対象だった。

「上司から、そこの黄色い紙を取ってくれ、と言われるんです。ところが指された場所のどこにもない。後ろを振り返ると大きな鏡があって、僕の姿が映った瞬間、ほらそれだよ、と言われる。同僚たちは嘲笑していました。苦しいですよ、でも……堪えるしかない。しんどいけど他に行く場所はないんだ、頑張るんだと言い聞かせていました」。

実力が認められ「スマルト」のヘッドカッターになってからも、公然と何十歳も年上の職人から

「お前を追い出して俺がヘッドになる」と攻撃され続ける。それにも一つ一つ、戦ってきた。

「攻撃してきた職人に紙とハサミを突きつけて、お前が俺より良いパターンが引けるなら辞めてやる、やってみろよ！と言い返す。フランス語の自分は別人格だと言い聞かせていました。早く技術と人脈を身につけて、とにかく一日も早く、独立したかった」。

それでも、と踏ん張れたのは、紳士服への夢、そしてとびきりの顧客たちとの交流があったから。広い世界を知り、高い美意識を持つパリの上顧客たちにとって、日本は敬うべき文化を持つ国。日本人であることは、明確なアドバンテージだった。

「君は日本人だから、もっと深い表現ができるだろう？そう求められていると、日常的に感じていました。パリの良さは、彼らと触れ合う中で理解してきましたね」。

ヨーロッパ人の卑しさと素晴らしさに触れた、独立までの5年間。逆境を耐えた精神力と、そこで布を断ち縫い続けて培った実力が、今の鈴木さんに結実している。

美意識の高さがパリの一番の良さ

怒涛の日々を経て、今が一番楽しい、と鈴木さんは言う。

「自分の店で、信頼を寄せてくれるお客様を相手に、思いのままに仕事ができる。最高だ、最高だって、毎日言っています」。

そうして仕事ができるのは、やはりパリだから。

「私が服を作るのは、美しいものを作って、人に喜んでほしいから。美しい服とは服だけが目立つものではなく、着ている人自身が動いた後でふわっ、とついてきて、ああ素敵だな、知的だな、と思わせるんです。その美しさを理解してくれるお客様がパリにはいます。洋服文化の深さ、美意識の高さがそうさせるのでしょうね」。

取材日に店を訪れた常連の紳士はその好例だった。望むジャケットのスタイルを言葉で伝えた後、鈴木さんを見て紳士は言った。

「モデルは私の頭の中にあるんだ。でも君なら分かるだろう？」

ウィ、と答える鈴木さんは自信に満ち溢れ、確かな仕草で紳士の背に手を置き、フォルムを刻む。

「彼の体型は独特で、布を合わせるのがとても難しいんです。でも今の私なら、できる」。

穏やかかつ強い視線で語る鈴木さん。その情熱はより大きくなって、続いていく。パリの街と人々を増幅の源にして。

週3回、赤身ステーキを頬張るカフェ・ランチ

朝から晩までアトリエにこもり、服作りを満喫する鈴木さん。実は料理好きで、独立までの生活では奥様と毎日、交代で夕飯を作っていたそうだ。

「独立して1年経った頃からは週末だけになりましたが、今も作っています。パスタは生クリームを使わないカルボナーラやミートソースなど、得意なもので20種類くらい。和食なら関西風スキヤキや麻婆茄子、麻婆豆腐などですね」。

まめに自炊するだけあって食材の味には敏感で、フランスの野菜は全体的に味が濃く、美味しいと感じる。好物は他にもあるが、特に牛肉の赤身ステーキだ。

「赤身はこちらに来てから特に好きになりました。バヴェット(カイノミ)にはエシャロットソース、ラムステック(ランプ)にはコショウソースやブルーチーズソースなど、肉の部位や種類によって合わせる定番ソースがあるのも、素敵だなと思います」。

ステーキにフライドポテトをつけ合わせる「ステーク・フリット」はパリのカフェ飯の定番メニューで、鈴木さんもアトリエ近くの行きつけカフェ『パリ・ユーロップ』で、週に3回はステーキ・ランチを食べているという。

「ここは付け合わせからデザート、ハムまですべて自家製で、どれもとても美味しい。昼から3回転することもあるくらい混んでいます。この店の常連は皆、決まった場所で決まったものを食べているんですよ。観察していると、バー

01. 鈴木さんお勧めのランプステーキは量たっぷり。／02. 食べ応え満点のサラダ。／03. 昼時は常連で賑わう。

カウンターのいつもの場所に立って、グラスワインと少しのチーズ、パンを一人でゆっくりと食べている人もいます。時間にしては30分くらいなのでしょうが、それを有意義に楽しんでいるように見えて、時間の使い方が豊かだな、と感じます」。

DATA

パリ・ユーロップ

Paris Europe

住所： 51 rue de Rome 75008 Paris
電話番号：01 45 22 71 48
メトロ：Europe（3号線）
営業時間：毎日6：30～22：30
（お客の残り具合による）
予算：20ユーロ前後

地下鉄ユーロップ駅からほど近い、地元の人に愛されるカフェ。

鈴木さんの他のおすすめレストラン

リバンショップ
Liban Shop

「近所にあるレバノン料理のテイクアウトショップ。ここもすべて自家製です」

住所：2 rue Joseph Sansboeuf 75008 Paris
（57 rue de Rome 75008 Paris にも支店あり）
電話番号：09 73 57 59 49
メトロ：Saint-Lazare（3, 14号線）
営業時間：月～土　12：00～15：00
（支店は～22：00、土は～17：00）

01. 1号店の外観。
02. 料理はすべてオーナー、タレブ・ダエールさんの手作り。

01. 本場モロッコそのままの内装。
02. 絶品のスープをかけて食べるクスクス。

ティムガッド
Timgad（モロッコ料理）

「めちゃくちゃに美味しいモロッコ風のクスクス。モロッコ大使館の方がお勧めと聞きました」

住所：21 rue Brunel 75017 Paris
電話番号：01 45 74 23 70
メトロ：Argentine（1号線）
営業時間：毎日　12：00～14：30、19：15～23：00
www.timgad.fr

topic 7

私のご近所カンティーヌ

フランス人と一緒にランチをすることになると、行きつけの店に連れて行ってくれ、「ここは僕のカンティーヌ《食堂》なんだ」とちょっと誇らしげに言う。それは、まるで自分の秘密の庭に招待してくれるかのよう。そして、親しみをもって接してくれている証拠だ。

パリ在住の本書制作スタッフの行きつけカンティーヌも紹介しよう。

まるで、毎日の「儀式」

フランス人は行きつけの店を、親しみをもって、CANTINE（カンティーヌ＝食堂）と呼ぶ。毎日通い、日替わりのメニューに目移りしつつも、気に入った同じ料理を注文し続ける。目当てのものが品切れ、なんてことになると、「なんだ、この店は！もう二度と来ないぞ!」、なんて言う割には、次の日にはケロッと同じテーブルに座るのだ。

常連となると、店員も友達のように、握手もしくはビズ（ほっぺにキスをする挨拶）で出迎えてくれ、付け合わせを変えてくれたり、おまけをつけてくれたり、そして時には食前酒やカフェをご馳走してくれることも。顔見知りの常連とのおしゃべりも楽しみだ。

カンティーヌと作り上げる物語

カンティーヌとなる店は、自宅、もしくは職場に近い、いわゆる「通える距離」というのが絶対条件だが、それ以外にも、予約をする必要がない、美味しい上に低価格で食べられる、その他、店員さんが親切《サンパ》だったり、「食堂」的ながやがや感が心地よい、など、人それぞれだ。

馴染みの店ができると、その土地での暮らしの励みにもなる。カンティーヌとの出会いとは、一人一人が作り上げていく「物語」。自分に合いそうな店の前を通りかかったら、思い切って扉を押してみよう。

02 AU PETIT TONNEAU

オ・プチ・トノー

高崎順子 (ライター)

伝統的なフランスの家庭料理を食べさせてくれる老舗ビストロ。前菜の「ル・ピュイのレンズ豆」やメイン「子牛のブランケット」「子羊のタイム風味ロースト」は、無性に食べたくなる味。

住所：20 rue de Surcouf 75007 Paris
電話番号：01 47 05 09 01
メトロ：Invalides
営業時間：12：00～14：30、19：00～22：30
定休日：月
http://www.aupetittonneau.fr

01 RESTAURANT LAO VIET

レストラン・ラオ・ヴィエット

アトランさやか (ライター)

ラオス、ベトナム、タイの名物料理が食せるエスニック料理店。ランチ時には常に満席になるという。目当ては「パリで一番美味しい！」と大絶賛されるボーブンはもちろん、自家製豆乳やもち米も。

住所：24 Boulevard Masséna 75013 Paris
電話番号：01 45 84 05 43
メトロ：Porte d'Ivry
営業時間：12：00～15：00、18：30～22：00
定休日：火
http://restaurantlaoviet.com

06

07

02
05. 赤いチェック柄クロスや柄タイルもパリらしい店内／06. 高崎さんお薦めの子牛のブランケット。／07. 子羊のキャレも外せない。
01~03：© Au Petit Tonneau

05

01
01. アトランさんお薦めのボーブン。／02.03 その他、まずは定番から試してみよう。／04 ラオスにワープしたような気分になる。
04：© Restaurant Lao Viet

01

04

03

02

13

12

11

04
11. 新村さんお薦めの、PORC AU POIREAU（長ネギと豚肉炒め）12. 香ばしい胡麻ソースの牛肉。13. すぐに満席になる小さな店内。
11,13：© Deux fois plus de piment

09

10

03
08. 木製の家具が古き良きビストロ感を醸し出している。／09.10. 伝統料理の味を美しい盛り付けで演出してくれる。

08

04 DEUX FOIS PLUS DE PIMENT

ドゥ・フォワ・プリュス・ドゥ・ピマン

新村真理 (カメラマン)

山椒のシビれる辛さがやみつきになる中国四川料理店。その名も「唐辛子を２倍」。辛さを１から５までのレベルでの指定注文スタイル。相当な辛さだが、「もりもり食べたくなってしまう」のだそう。

住所：33 Rue Saint-Sébastien 75011 Paris
電話番号：01 58 30 99 35
メトロ：Saint-Sébastien-Froissart
営業時間：12：00～14：00、18：00～22：30
定休日：水

03 LE SOT L'Y LAISSE

ル・ソ・リ・レス

三富千秋 (ライター)

日本人シェフ、土居原英治さんが作る伝統的なフランス料理。素材の風味を生かす火入れや味付け、伝統的なソースの味も抜群。伝統の味をしっかり、かつ繊細に味わえる、いまどき貴重なお店。

住所：70 Rue Alexandre Dumas 75011 Paris
電話番号：01 40 09 79 20
メトロ：Alexandre Dumas
営業時間：12：00～14：00、19：30～21：30
（土月は夜のみ）
定休日：日

08

庄司 紗矢香

Sayaka Shoji

© Tarisio

旅を栖にする演奏家が
戻る場所に選んだ、パリ

profile

1983年東京生まれ。16歳の時、パガニーニ国際ヴァイオリン・コンクールにて日本人初・史上最年少で優勝し、世界を舞台に活躍する。2016年、第57回毎日芸術賞を受賞。

慣れたそぶりで街を歩く庄司さん。
パリ在住は１０年を超えた。

「ここなら住める」と思ったのが、パリだった

よく足を運ぶセーヌ河畔。一人で瞑想することも。

5歳からヴァイオリンを始め、16歳で国際的なコンクールに優勝。以来ヨーロッパを拠点とし、世界中を演奏旅行で駆け巡る。6カ国語を操り、各国の名門オーケストラや音楽家と共演する庄司紗矢香さんは、日本が誇る当代一流のヴァイオリニストだ。2016年にはベートーヴェンのヴァイオリン・ソナタ全曲録音という快挙を成し遂げ、33歳の若さで毎日芸術賞を受賞している。

文字通り「旅を栖《すみか》とする」庄司さんだが、その合間に戻る街として選んだのが、パリ。ニューヨークやロンドン、ベルリンなどの大都市を往来しつつ、唯一「自分が住める」と感じたのが、ここだった。

愛器は長年、ストラディバリウス。超一流のヴァイオリニストのみが演奏を許される名器だ。

© Kishin Shinoyama

パリの街のテンポ感が自分には合っている

庄司さんのヨーロッパ在住歴は、長い。生まれ故郷の日本を出たのは3歳の時、画家である母親とともにイタリア・シエナに2年間住んだことから、彼女の欧州生活は始まった。14歳からはドイツのケルンで学生時代を送り、音楽大学を卒業するまで9年間を過ごした。「何にもないところだけど」と言いつつも、多感な思春期を生きた街は、今でも懐かしく思い出す。パガニーニ国際ヴァイオリン・コンクールを史上最年少の16歳で制し、世界的に名が知られるようになったのも、ケルンに住んでいた時のことだ。

思い出深い街を出たきっかけには、指揮の巨匠ズービン・メータの助言があった。

「若いうちに大都市に住むべきだ、と強く言われたんです。それまで住んだのは東京の国分寺、シエナ、ケルンと小さな町ばかりでしたから。それから滞在したことのある大都市を考えていって、唯一自分が住めるな、と感じたのがパリでした」。

理由の一つに『街のテンポ感』が挙がるのは、音楽家ならではの感性だろう。「感覚的なことだから」と前置きしつつ、庄司さんはパリのそれを「都会だけど、息ができるということ」と表現する。「パリはお互いの自由に対して寛容で、時間の感覚も、ある程度寛容。カフェにいるときも、友人と過ごしているときも、同じように感じます。そういった街全体のテンポが、ちょうどいいんです」。

それは、約10年の歳月を過ごしたドイツの厳格さとは正反対のものだった。ロンドンやニューヨー

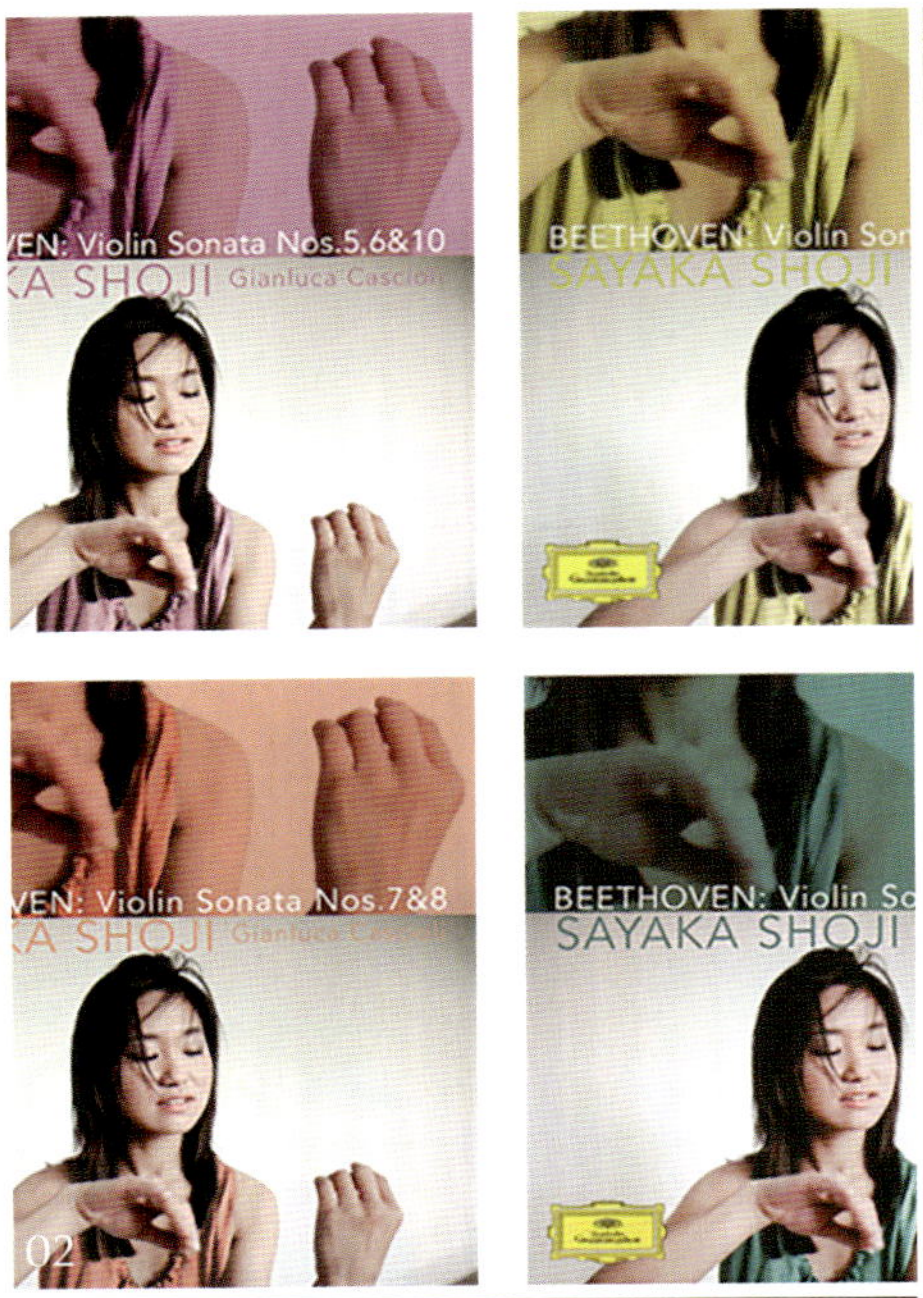

01：© Masato Moriyama
04：© Formento & Formento -YellowKorner

01. 演奏中はその細身から、膨大なオーラが発せられる。／02. 毎日芸術賞を受賞した、ベートーヴェン・ヴァイオリンソナタ全曲録音集。／03.「シンエステジア」プロジェクトのビデオ作品は公式サイトで公開中。／04. 愛器を携えてのイメージ写真。

クに漂う競争意識のような空気を、パリでは一切感じないことにも、心を惹かれた。

街中に、美的感覚があふれている場所

もう一つの理由はやはり、パリがアートの街だということ。

「ケルンに住んでいた時からビジュアルアートに興味を持っていて、弾いている曲を映像化する、という目標を掲げていました。今までに前例のないチャレンジで、自分一人ではできないこと。自分と感性が合って一緒にやってくれる人が、パリなら見つけやすいだろうと思ったんです。コンサートの時、パリの聴衆はいつも温かいし、アーティストの作品の裏側にある考え方にも、興味を持つような人たちですから」。

2005年から実際に住んでみて、その思いは確信に変わる。

「美しいものへの感受性や美的感覚を、たくさんの人が持っている街ですよね。音楽も他の芸術も同じですが、心を動かすアートには、『気』のようなものがあります。単純な表面的なことを抜けて、どこかから、やってくるもの。私はそれを感じるし、フランス人もそれに敏感な人が多いように思うんです。その感受性、フランス人の繊細さが、パリの日々の生活に自然に表れている。私には、生活の中で目に入るものが、とても大切なんです」。

たとえばそれは、雨の日。パリの街並みは雨の中でも美しく映える。美的感覚を重視し、細部まで考え抜かれ、統一感を保たれているから。

「雨の日でも美しいと思える街並みは、貴重です」。

パリ市庁舎を背景にした、セーヌ河畔。天気の良い日には、そぞろ歩きの散歩客が橋上を絶えず行き交っていく。

01. セーヌ川沿いに並ぶ古書商「ブキニスト」のスタンドは、庄司さんも散歩のついでに覗くことがある。ストラヴィンスキーの自伝を購入したことも。／02. 近所のカフェで、ほっと一息。／03. 晴天のノートルダム寺院。／04. 木陰をゆったり歩いて、気分転換。

歩くのが好きなので、歩いていて心地よい街であることも重要なポイントだ。その点パリは川の幅も、陽の当たり方もちょど良い。街中に、フランス人の美的な感受性が溢れている。

ドイツで思春期を送り学業に励んできた庄司さんには、そんなパリの特質はいっそう強く感じられるものだった。

「話をしていても、ドイツ人はまず理論が立つんですよね。でもフランス人は違って、フィーリングにとても敏感です。たとえば日本のアートを見ても、ポエティックな表現で感想を言える。ドイツ人はそれを聞いたら、なんのこと？と首をかしげてしまうと思います。そんなフランス人の友人によると私はドイツ的で、みんなに『人生は数学ではないんだよ』と言われたりするんです」。

引っ越しを考えながら それでもここにいる理由

パリにいるのは1年の半分ほどで、その大半も自宅での練習に費やされる。朝から晩まで鍛錬の日々が続くが、余裕のあるひと時には美術館の企画展や、マレ地区のギャラリーを巡るのが楽しみだという。

音楽を映像化するプロジェクト『シンエステジア（共感覚）』の相棒であるビデオアーティストとも、そんなギャラリー散歩の途中で巡り合った。

「ビジュアルも音楽も言葉も、アートの根本にあるものは同じだと思っています。前にニューヨークの美術館でパウル・クレーの作品を前にした時、作品が持つ何かにコネクトして、20分くらい動けなくなった時がありました。私自身、近現代の作品を弾いているときには、そんな何かが映像で浮かび上がってくることが多い。言葉ではっきり説明することはできないけれど、そんなアートの根本に立ち戻って考えるのが好きなんです。それを他のアーティストと組んで形にしていく。それが私の人生でやりたいことで、パリはそれが、やりやすい街ですね」。

それでもこれほど長く住むことになるとは思っておらず、当初は2、3年で、ドイツに帰るつもりだった。

「パリならケルンまで電車で帰れる、と思ったのもありますね」。

笑いながらそう振り返る。

ケルンで愛した静けさと自然が恋しくなり、パリを出て田舎に越そう、と考えたことは一度ではない。今でもふっと、その気持ちに駆られることはある。

それでもやはり、と思うのは、パリには自分に必要なものが揃っているから。

「人と会うこと、文化的な刺激を受けること。旅が多いから、発着地の数が豊富な空港の近くにいることも重要……そう考えていくうち、これだけの都会で、心地よくいられる街はそうそう他にないんだ、と思い出すんです。そして何よりもここは、かけがえのない友達が一番多く住む街だから。いろんな理由が重なって、パリにいるんです」。

そう話す庄司さんの人生は、日本よりヨーロッパで過ごした時間の方が長くなった。

世界のどこにいても、アートの本質を見すえて、その表現に生きる日々。そのための拠点に選んだ街パリで、彼女は美の旋律を奏で続けるのだろう。今までも、これからも。

なんでも美味しくて驚いた、パリの食

アートに次いで庄司さんをパリに惹きつける要素が、食だ。妖精のようにほっそりとした容姿だが、食べることは大好きだという。

「母が旅好きで、小さい頃から色々連れて行かれたせいか、なんでも食べてみたいという好奇心が強いんです」。

パリに住んで最初に驚いたのは、何を食べても美味しいことと、臓物料理の迫力。トリップ(胃腸)やレバーがドン!と乗っている大皿料理だ。ただその驚きも量であって、味の方は持ち前の好奇心から、しっかり堪能したという。

「フランスの食事は口に合うんですよね。色々あるけれど、なんでも美味しいと思います。気をつけているのはチョコレート。食べ始めると止まらないので……」。

パリの生活は練習中心で、食事の基本は自炊。家電好きの一面を持ち、多機能ミキサーやヨーグルトマシンも使いこなす。

「練習の日は、朝起きたら昼食も作っておきます。料理は瞑想的なところがあって、好きですね」。

外食の機会は日曜日の夜。友人同士で誰からともなく声を掛け合い、行きつけの店に集合する。そんな一軒がパリ4区の「ヴァン・ヴァン・ダール」、日本人オーナー経営のワインビストロだ。料理の基本はフレンチだが、食材や調理法に日本のタッチがバランスよく組み込まれ、好評を博している。

「焼酎でマリネしたフォアグラは象徴的な一皿ですね。全くの日本でもフレンチでもなく、間に漂っている感じが自然。これまで

01

02

03

04

01. デザートの一品「抹茶のチーズケーキ」。／02. ぶ厚いビーフパティがジューシーなハンバーガー。
03. 庄司さんもお勧め「フォアグラの焼酎マリネ」はまろやかな味わい。／04. オーナーの東郷さんと。

生きてきた私自身が重なって、居心地よく感じるのかもしれません」。

DATA

ヴァン・ヴァン・ダール

Vingt vins d'art

住所：16 rue de Jouy 75004 Paris
電話番号：09 80 31 52 04
メトロ：Saint-Paul（1 号線）
営業時間：月～金　18：00 ～24：00、
土・日 12：00 ～ 15：00、
19：00 ～24：00
予算：30 ユーロ前後
http://www.vvdparis.fr

01. 小規模生産者の自然派ワインを中心に揃えている。／ 02. マレ界隈のアート・音楽関係者が多い、地元に愛されるお店。

庄司さんの他のおすすめレストラン

●ル・プレ・ヴェール

Le Pré Verre

「カジュアルな雰囲気ながら、料理はクリエイティブ」

住所：8 rue Thénard 75005 Paris
電話番号：01 43 54 59 47
メトロ：Cluny-La Sorbonne（10 号線）
営業時間：火～土　12：00 ～ 14：00・19：30 ～ 22：30
http://www.lepreverre.com

01.「乳飲み子豚のまろやかスパイス風味、歯ごたえを残したキャベツを添えて」。／ 02. 店頭のお皿マークが目印。

●シェ・ジャヌー

Chez Janou

「ヴォージュ広場の近く。チョコレートムースが美味しいです」

住所：2 rue Roger Verlomme 75003 Paris
電話番号：01 42 72 28 41
メトロ：Chemin Vert（8 号線）
営業時間：火～金 12:00 ～ 15:00、（週末は～ 16:00）、
19:00 ～ 24:00
http://www.chezjanou.com

01. 古い映画のポスターで彩られた、趣のある内装。／ 02. お代わり自由のチョコレートムースは、大鉢で提供。

topic 8

我が家で私もシェフ気取り

積極的に自炊をされる庄司さんは、家庭用ロボットなども利用して、自分の好みに合った料理をバランスよく作りこなすのだそう。

人気料理番組の影響もあり、最近はフランスでも、オリジナルレシピを日々改良し、美しく盛り付け、ふるまう「自宅でシェフ気取り」を楽しむ人が増えている。

注目の新世代シェフたち

「TOP CHEF」（トップシェフ）や「Le Meilleur Pâtissier」（最高のパティシエ）といった、各界のその年のチャンピオンを決めるリアルテレビ番組が人気だ。

有名レストランに勤めていたり、家庭シェフをしていたり、とプロではあるが、個人的な大きな飛躍がまだないという料理人たちが、一流シェフやパティシエによって構成↘

01. 有名シェフのレシピ本コーナーもちろんある。／02. 店中が料理本。テーマ別にコーナーが作られている。

02：© LIBRAIRIE GOURMANDE

↙される審査員によって、困難な主題をクリアしていく生き残り戦だ。約3カ月にも及ぶ放送期間中に番組内で展開される、高級レストラン顔負けの料理が、注目を浴びている。

そして、審査員を務めたカリスマシェフはもちろん、これらの番組を経た出演者のその後の活躍からも目が離せない。

世界中の料理の専門書が集まる食本の専門店、リブレリー・グルマンド（食いしん坊な本屋）をはじめとする書店には、有名シェフのレシピ本コーナーも設けられ、新星シェフのレシピ本が陳列。彼らがシェフを務めるレストランもフランス各地に次々と現れ、番組の枠組みを飛び出している。

ガストロノミックを身近に

TOP CHEF　2012年度のチャンピオン、JEAN　IMBERT（ジャン・アンベール）。2004年に開店した自身のレストランL'Acajou（ラカジュー　http://www.l-acajou.com/）は、番組終了後、彼の料理を食べてみたいと、予約が殺到した。番組↘

DATA

リブレリー・グルマンド

LIBRAIRIE GOURMANDE

住所：92/96 rue Montmartre 75002 Paris
電話番号：01 43 54 37 27
メトロ：Sentier
営業時間：11：00～19：00
定休日：日・祝日
http://www.librairiegourmande.fr

03. シェフが厳選した食材で作られるボウルは5種類のみ。どれもボリュームがあり、15ユーロ以内で買えるので、毎日通って全部試食したい。／04. ランチタイムには行列ができる。その場で作ってくれるので、パンもカリカリしたまま。

03：© Les bols de Jean
04：© Les Petites Tables

↙内でも注目の的となったそのウィットに富んだ、斬新な食材の組み合わせや、グラフィカルで美しい盛り付けが、グルメなパリっ子たちを魅了。数々の料理番組に引き続き出演する人気シェフとなっても、レストラン内では律儀に客に挨拶をして回る、そんな暖かさも彼の人気の秘密だ。

そして最近話題を呼んでいる彼の第2号店、レ・ボル・ド・ジャンは、なんとストリートフード。気軽に、低価格で、カリスマシェフのこだわり軽食が食べられるので、日々長蛇の列ができる。テーマ別にジャンが

DATA

レ・ボル・ド・ジャン

LES BOLS DE JEAN

住所：2 rue de Choiseul 7002 Paris
電話番号：01 44 76 00 58
メトロ：Quatre-Septembre
営業時間：10：00～16：00
（木のみ夜も営業
19：00～21：30まで）
定休日：日
http://bolsdejean.com

考案する料理は、エリック・カイザーの蓋付きのボウル型のパンに入って出てくる。その場で調理され、盛りつけられるので、パンもカリカリとした質感を損なうことなく、汁がしっかり染み込んでいるので、料理の一部として見事に成立している。ファーストフードとは思えない、まさにシェフの技量だ。

　グルメなファストフードブームでも証明されるように、ガストロノミック（美食）な料理は、もう高級レストラン内だけには留まらない。新世代シェフたちは、どこの家庭の冷蔵庫でも必ず入っているような食材ででも、自宅のキッチンででも、ガストロノミックな料理を作ることができる、と教えてくれる。↘

01. これで失敗知らずの焼きりんごグッズ。／02. 鶏の丸焼き用も。／03. テリーヌも自宅で作れる！／04,05. フランスの伝統的なおやつ、バルケットやエクレアもキットで楽しく簡単に。パリでは、グランドエピスリー（67ページ参照）で多く販売されている。
01~05：© YOKO DESIGN

自宅でなりきりシェフ

日常的な食材を使ってできるガストロノミックな料理がテレビを通して家庭内にも浸透。我が家でも実践しようと試みる家庭的な素人シェフが急増している。

　そんな料理ブームの波に乗り、百貨店などでも、家庭用ロボットなどの料理器具、お菓子作りや盛り付け用のグッズなどが充実。仏製の、YOKO DESIGN（ヨーコ・デザイン）のカラフルなアイテムも、定番のお菓子を美味しく、家族で楽しく簡単に作れるので、是非一つでも購入したい。シェフが厨房で使う調理器具は高価なものが多いが、誰でも使用できるようにと、低価格で買い求められるようにしてあるのも嬉しい。

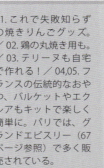

料理教室で盗む、シェフの技

料理の腕を磨きたい、という素人シェフのためか、料理教室も増えている。料理の基礎からテーマ別の講習など、種類も様々。人気シェフの料理教室も注目だ。

2011年度のトップシェフで準優勝した、PIERRE SANG（ピエール・サング）。2012年に早々と開店した自身の名前のレストランは、あっという間に人気店に。食材は優先的に近所の商店から仕入れるので、創造的に、日々のメニューを変えていく。「この料理には何が入っていると思う?」となぞかけをし、客との分かち合いを大事にする。そして、2014年には、2号店を近所にオープンした。直観的な1号店に対し、こちらでは、熟考されたコースメニューが展開される。フランスの田舎で過ごした幼少期や、原点でもある韓国の記憶、自身の経験や↘

09

08

07

06

06. キッチンを中心に。オーベルカンフ通り店。
07. 新世代のカリスマシェフ、ピエール・サング。
08. ガンベー通りの第２号店
09. 料理教室はレストランのキッチン内で。
07：© Stéphane de Bourgies　06,08：© PIERRE SANG

↙感情などもが、彼のDNAと混じり合い料理となる。そんな「物語」を、料理を通して伝えたい、自身の料理への理解を深めたい、という願いから、レストラン内のキッチンを開放し、料理教室も開設した。マルシェ・コースでは、シェフ本人と、朝のマルシェで素材を調達するところから始まる。盗むのは、技術だけではないはずだ。

DATA

ピエール・サング

PIERRE SANG IN OBERKAMPF
住所：55 rue Oberkampf 75011 Faris
営業時間：毎日 12:00 ～ 15:00、19:00 ～ 23:00

PIERRE SANG ON GAMBEY
住所：6 rue Gambey 75011 Paris
営業時間：12：00～15：00、19：00～23：00　定休日：日・月

電話番号：09 67 31 96 80　　メトロ：Parmentier
料理教室の予約は公式サイトから。
http://www.pierresangboyer.com

09

谷口　佑輔

Yusuke Taniguchi

最先端モードの舞台パリで
技術と創造性を開花

profile

1977年宮崎県生まれ。東京の美容院に勤務後、2000年からパリ在住。アシスタントを経て、2004年からヘア・スタイリストとして活動。パリコレクションのショーをはじめ、有名ブランドのカタログや広告などを手掛けている。

ヘア・スタイリストとして、
パリでますます注目を浴びて
いる谷口佑輔さん。

自然体の自分に導く、パリの刺激と安らぎ

『ファティマ・ロペズ』のショーの会場で。

中学生の頃からの夢を現実にし、世界中が注目するパリ・コレクション（パリコレ）でヘア・スタイリストとして活躍する谷口佑輔さん。鋭い感性と斬新なアイデアをつねに求められる谷口さんにとって、パリはインスピレーションの源であり、自分が自分らしくいられる場所だ。

学び続けた下積み時代

実家は、祖父の代から続く理容室。幼い頃から興味があったのは、ファッション。中学生の頃に「パリコレ」という言葉を初めて耳にして、「ファッションの最高峰というイメージを抱いていました」。

職業として選んだのは美容師。

2016-17秋冬コレクションの準備中。集中力と緊張感を保ちながら、ショーの準備に臨む。

髪を切る技術とファッションを融合できると思ったからだ。福岡県の美容専門学校に通い、東京の美容院に就職。いつかパリに行こうと、漠然と考え始めていた。

渡仏のチャンスが訪れたのは1998年。福岡県の美容専門学校で教えていたフランス人がパリで美容学校を開くことになり、声をかけられたのだ。1年間、平日は学校でヘアメイクとカットを学び、週末は美容院で研修し、パリコレを手伝う機会も得た。いったん帰国して、再び東京で美容師として働き始めたが、パリコレの興奮が頭から離れない。「ヘアスタイルもモデルもかっこいい。舞台演出もすばらしくて、独特な高揚感があって、魅了されました」。

そして2000年、「パリでヘア・スタイリストになる」と決意して、再びパリへ。学生として通った学校で講師を務めながら、ヘア・スタイリストのアシスタントとなった。

アシスタントといえば聞こえはいいが、清掃や道具の運搬・管理が中心。しかも無給。しかし、仕事を辞めたいと思ったことは一度もないという。「もともとポジティブなんです」と笑うが、「撮影やショーの現場も、ボスの作るスタイルや技術も、見るものすべてが初めて。これからの自分に必要なことばかりで、モチベーションは上がる一方でした」。

道具も、技術も、美容師とは違っていた。「ブローの技術も髪の下準備も、ひとつひとつ教えてもらいました」。現在高い評価を受けている編みこみのスタイルも、アシスタント時代に学んだ技術がベースになっているという。

その後、ヘアメイク界のカリス

01 〜 03. 国籍も髪質もさまざまモデルの髪を、次々とをセットしていく。アシスタント時代に学んだ技術だという編みあげは、谷口さんの得意とするスタイルだ。／ 04. モデルがステージに上がる直前まで、細部をチェック。

マと呼ばれるジュリアン・ディス氏をはじめ、「鋭く、独特な感性を持ったアーティストたち」と出会いながら、技術を高め、信頼を得ていった。

チームをつくり、表現する

初めてショーを任されたのは2008年。ポルトガル出身デザイナー『ファティマ・ロペス』のショーで、ヘア・スタイリストとしてデビューを飾った。

その後、『ファティマ・ロペス』は毎シーズン担当を続けているほか、『カステルバジャック』『アガノヴィッテ』『ツモリチサト』といった有名デザイナーから新進気鋭の若手まで、数々のデザイナーのヘアを担当。さらに『ヴォーグ』や『エル』といった雑誌、『エルメス』などのカタログも手掛けるようになる。

最近では、『シャネル』などのデザイナーを務める世界的なファッションデザイナー、カール・ラガーフェルド氏から直接指名を受けるなど、ファッション界からの注目も高まるばかりだ。

パリコレの時期は、多い時で3〜4人のデザイナーを担当。2週間前にショーのテーマを聞き、ショー前日にデザイナーとフィッティングを行う。ヘア・スタイリストしての仕事は、デザイナーやクライアントが何を求めているか〝感じる〟ことから始まる。「教えてくれるまで待つのではなく、感じて動かなければなりません」。

デザイナーから届くショーのテーマは、抽象的な言葉ひとつやイラストのみ、ということもある。たとえば、『流氷』という言葉と北極の写真だけが送られてきたこともあ。アイデアはひたすら考えて、

ポルトガル出身のファティマ・ロペス（左から４人目）は、2008年から谷口さんにヘアを任せている。

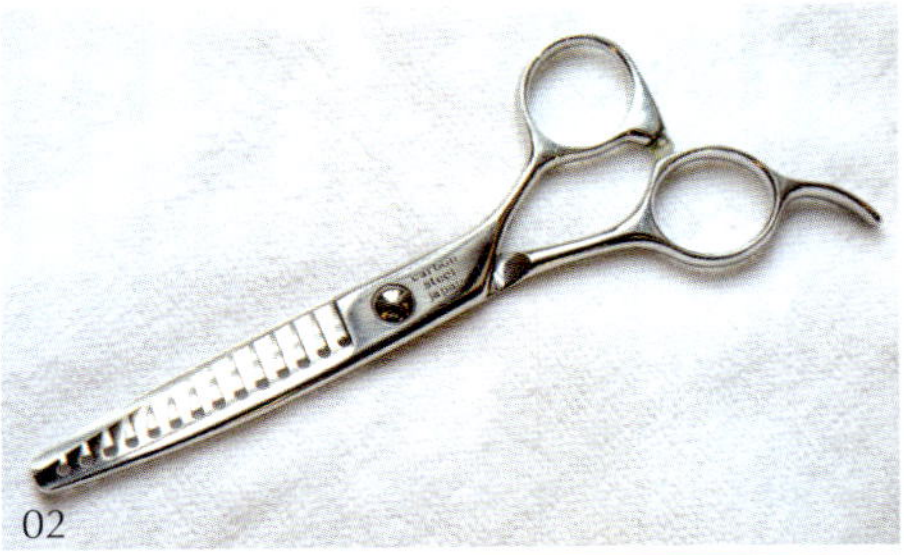

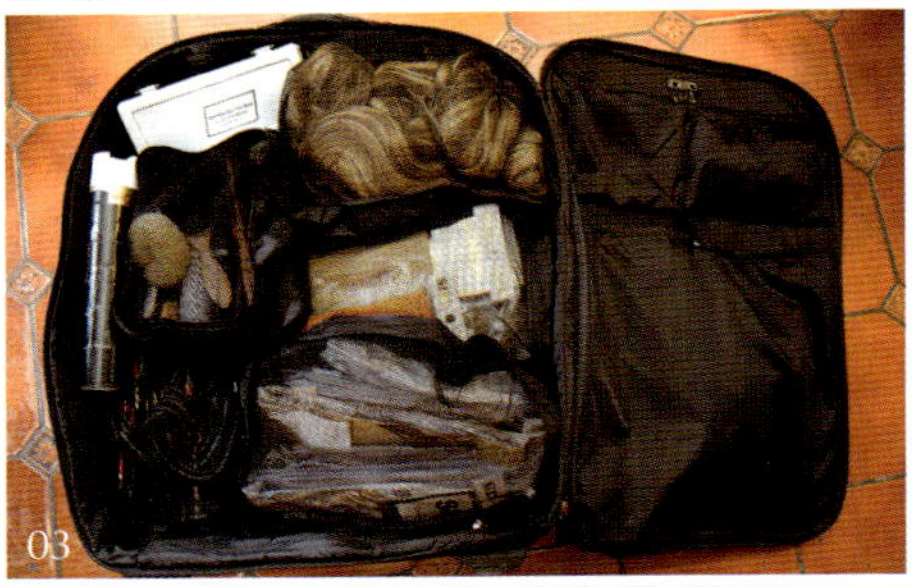

01. アトリエでエクステ（付け毛）を準備中。／02. お父様から贈られたはさみ。「切れ味がよくニュアンスも出せる」と谷口さんも絶賛。／03. 必要な道具を詰めたスーツケースは重さ 30kg。／04. 整然と並べられたショーのための道具。／05. ショーのバックスステージ。／06. コンバースのコレクション。

マネキンで具現化し、デザイナーに提示する。「『ファティマ・ロペス』は『もっとインパクトを』といった細かいリクエストが多く、鍛えられました」。

ショーではチーフとして、日本人とフランス人のスタッフ7〜10人を仕切る。「フランス人スタッフに細かいニュアンスを伝えることが難しいときもありますが、幸い優秀なスタッフが多いので、助けてもらっています」。

リハーサルで予定されていなかったタートルネックの服が用意されているなど、時間との闘いであるショーにはハプニングもつきもの。しかし緊迫のエピソードを語るときも、谷口さんの口調は穏やかだ。「スタッフが意見を出してくれるんです。自分にはない発想がでてくるので、チームの重要さを感じます」。

チームワークの良さは、谷口さんのチームに対する姿勢から生まれている。「場を盛り上げるようにしています。自分がボス気分になってスタッフが萎縮してしまうような雰囲気では、仕事はうまく進みません」。

〝古いもの〟も発想の源に

パリのファッションの最前線で活躍するいま、パリへの思いは変わっただろうか。「住めば住むほど好きになる。やっぱりパリですね」。東京での生活も充実していたが、忙しさに追われた日々でもあった。「パリは、都市でありながら生活感や人間らしさがあり、刺激も安らぎもある。バランスがとれた街です」。

フランス人に対しては、いい意味での〝裏切り〟があったそう。「フランス人は冷たいというイメージがありますが、実は情が深くて、人間味があるんですよ」。

パリを離れられないもうひとつの理由が、ブロカント（蚤の市、骨董市）。谷口さんのアトリエには、ブロカントで見つけたソファやオブジェが置かれている。棚には50年代や60年代のスニーカーやジーンズ、サングラスのコレクションがずらり。

パリでは、古いものが日本より安くて、身近な存在にある。「古いものが好きなんです。インスピレーションの源でもあります。つねに新しい発想を求められる仕事だからこそ、古いものも知っておくべきだと思っています」。

カリスマ美容師として20代を東京で過ごし、30代にパリで自らのキャリアの基礎を築いた。30歳最後の年を迎えたいま、「自分にとってもっとも大切な時期」と感じているという。もっとも思いを寄せているのは、家族のこと。

夫人の唯衣さんとの間には２０１０年に長女が誕生。「娘を通して、フランス人家庭とのかかわりも増えてくるので、これからますます楽しみですね」。

いまも理容師として現役で仕事を続ける父からは、２０１２年にテレビ番組に出演した際、愛用のはさみを贈られた。「いい加減なことが大嫌いな父が今の自分を認めてくれて、応援してくれている証かな、と」。

80年続く実家の理容室の火を絶やしたくない、という思いも強くなってきた。「自分自身は家は継げませんでしたが、１００周年に向けて、何らかの形で理容室を継続させる方法を模索中です」。パリと日本を、自分と家族をつなぐ、新たな夢を描き始めている。

心身の健康を支える安心・安全な食

ヘア・スタイリストに求められる鋭い感性と集中力を維持するために、谷口さんが心がけていることは「食事と睡眠です。ぼーっとしていたら、周囲の声や意図を聞くことができませんから」。

食事に対する考え方は、この10年で大きく変わったそう。東京に住んでいた頃は、多忙だったこともあり、食パンだけという日もあったほどひどい食生活。ジャンクフードも大好きだったとか。「いま振り返ると体調はよくなかったですよね。体調がよくないと、いいマインドも生まれない」。

唯衣さんと暮らすようになって、食生活を見直し、食材について調べるようになった。「なるべく自然なもの、安全なものを選ぶことを心がけています。食を変えることで、ポジティブな性格がもっと前向きになれたと思います」。

食への意識は、父親となってからさらに強くなった。「娘には安全なものを食べさせたいので、一緒に食べるときは、どこで何を食べるか考えるようになりました」。

買い物は近所のビオ（オーガニック）の食材店で、外食は必然的に、「スーペール・ナチュール」や「ソヤ」といったビオ専門店やベジタリアン料理店が多くなった。また、日本人の友人がシェフを務めるフランス料理店「クラウン・バー」は食材の質が高く、安心して子供と楽しめる店だそう。

自宅での食事の基本は、和食。なかでも味噌汁と梅干しは欠かせないそう。「味噌と梅干しは実家で作ったもの。味は安定しないし

01. 前菜の盛り合わせ「グラン・メッツェ」は野菜たっぷり。／02. 日曜日のブランチはビュッフェ式／03. 白壁に自然素材のテーブルや椅子が似合う店内／04. ブランチにはミニサイズのケーキが並ぶ。　01,02,04：©Soya　03：Moa Khalil

見た目も悪いんですが、それがいいんですよね」。料理も大好きで、月2回は日本風のカレーと鶏肉の唐揚げを作って家族にふるまう。家族とともに、家庭の味を楽しみながら、心を静め、英気を養う。
　お酒はたしなむ程度だが、雰囲気を楽しみに時々バーに足を運ぶ。お気に入りは、パリ4区のマレ地区にある隠れ家的な「リトル・レッド・ドア」。パリの伝統的なバーとは一線を画すヒップスター系バーで、仕事帰りに一人で一杯、が気に入っているそう。

DATA

ソヤ

Soya

住　所：20 rue de la Pierre Levée, 75011 Paris
電話番号：01 48 06 33 02
メトロ：République, Goncour
営業時間：火～土 12:00～16:00、19：00～23：00、日 11:30～16:00（ブランチ）
予算：前菜 6 ユーロ～、メイン料理 14 ユーロ～

谷口さんの他のおすすめレストラン

●クラウン・バー
Clown Bar

「シェフと仲がいいこともありますが、食材もすばらしく、職人的な気持ちが感じられる料理。大切な人との食事に使わせてもらっています」

住所：114 rue Amelot 75011 Paris
電話番号：01 43 55 87 35
メトロ：Filles du Calvaire
営業時間：水～日 10:00～23：00（ランチ 12:00～15:00、ディナー 19:00～23：00）
http://www.clown-bar-paris.fr

01. メインの子牛料理。素材の組み合わせが個性的な料理が楽しめる。ワインは自然派。
02. 感度が高いグルメが集まる。　01.02：© Le Clown Bar

●ル・プティ・カンボージュ
Le Petit Cambodge

「家族とよく行くカンボジア料理のレストラン。スープ・プノンペンは絶品です」

住所：20 rue Alibert, 75010 Paris
電話番号：01 42 45 80 88
メトロ：Goncourt
営業時間：毎日 12：00～23：00
http://www.lepetitcambodge.fr

01. カジュアルな相席スタイル。
02. ビーフンと豚肉、エビが入った「スープ・プノンペン」。レモンやパクチーをのせていただく。

topic 9

小さな大人の食事情

出産や子育てがしやすい環境を作るための対策が数多く取り入られているフランスは、ヨーロッパでも有数の出産大国だ。

パリでは、子供用品専門店が急増。新時代のママと子供の食事療法にも関心が集まる。

日本でも話題になった「フランス流子育て」。幼少期からの食育がカギを握る。

ママになってもペースは変えない

母乳育児が推進されてはいるものの、多くのフランス人ママたちは、産院退院後も早々と粉ミルクに切り替え、出産後まもなくでも、子供を預けてパートナーと「ご褒美」旅行に出かける。「母親」と同じくらいに、「女」の自分を大事にし、パートナーの目にいつまでも「魅力的な女性」として映り続けるための努力を惜しまないのだ。↘

01. 薬局に並ぶ粉ミルクの種類には圧倒される。／02. スーパーにもベベ食スペースが必ずあるのでチェックしたい。

↙そして、子供が生まれる前と全く同じ、というわけにはいかないけれど、妊娠・出産前の生活にできるだけ早く戻れるよう、3カ月の産休の間に卒乳をさせ、粉ミルクに慣らせ、仕事復帰を目指すのだ。

スーパーの子供《べべ》食に頼って

早々と卒乳するべべたちのためか、粉ミルクの種類は圧倒されるほどあり、スーパーや薬局には必ず並んでいる。

topic 9

そしてミルク以上に驚くほどの豊富さを誇るのが、離乳食だ。もちろんBEABA社のBABYCOOK®などの専用家電で作るものがベストだが、時間と追いかけっこしているような忙しいママたちは、市販の離乳食にも頼る。子供用に薄く味付けしてある上に、種類も豊富。最近では、有機栽培のものもより充実してきているので、こだわるママには嬉しいばかり。これから一生の付き合いをしていく食材を、様々な形態で、とても早い段階から子供に与え、味覚を育てる。それがフランス流の食育なのだ。

べべも小さな大人なのだから

フランス人には、子供《べべ》がいるからといって自分たちが人生を謳歌できないのはナンセンスだ、という考えがある。そのため、ベビーシッターを雇って頻繁に夫婦で外出する。あるいは、べべがまだ小さいうちか↙

04

03. BABYBIO社の離乳食は全て有機栽培のもの。ラタトゥイユ（右）やプーレ・バスケーズ（左）といったフランスの伝統料理も、日本のべべへのお土産としても喜ばれそう。／04. 手作り離乳食の強い味方、BEABA社のBABYCOOK®。食材を茹でてそのままミキサーにかけることができる優れもの。カラーバリエーションが豊富なので、家のインテリアにも合わせて選べそう。

03：©BABYBIO　04：©Marc Forzi

03

↙ら一緒に外食もする。外食することによって、子供の社会性を育てることができると確信しているからだ。外の世界に触れさせ、自分たち以外の人たちも、それぞれ食事を楽しんでいることを見て知らせる。その中での自分の位置を確認させるのだ。

にぎやかなところに連れていかれ、じっとしていろ、と言われる子供にとってはたまったものではないが、それも教育の一環。大人しくしていないと、人前でも大声で叱られる。子供を連れていきやすいレストランなども、もちろんあるが、様々な場所に連れて行き、子供に対応させる。子供を騒がせたままにさせない、いわゆるENFANT ROI（アンファン・ロワ - こどもさま）を作らないのがフランス流だ。

そう、フランスは、出産大国ではあるが、決して「子供天国」ではないのだ。

子供《べべ》と一緒に、外食を楽しむためのコツ

●外食する日を選ぶ

親が疲れている、子供も興奮している、といったときは外食するべきではない、と割り切ろう。

また、これから外食デビューをしたいという人には、まずは（まだ誰もが元気な）朝食からがおすすめ。客の多い夜や週末は、店員が忙しく、オーダーもなかなかとってくれないので気を付けよう。

●適した外食先を選ぶ

コースメニューのレストランや、客の入れ替わりがとても多い店などは避けよう。よく知っている行きつけの店、家族連れの多い店など、融通の利く店を狙おう。

まだ客の少ない早めの時間に行って、ベビーカーの置き場や、人の往来の少ない席を確保しよう。

●前菜は飛ばす

長時間の食事は子供にとってつらいもの。まずは、前菜を飛ばしてメインだけ、から始め、外食に慣れてきたら、少しづつ頼む品を増やしていこう。待ち時間をできるだけ減らすためにも、席に着いた時点でオーダーするのがベスト。

●無音のおもちゃを持っていく

大人が静かに食事を楽しむためにも、子供が集中できるおもちゃを持参しよう。音の出るものは、マナー違反だ。

谷口さん一家は、塗り絵を持っていくのだそう。

●「非日常」を楽しむ

食べ物を投げない、食事中に走り回らない、など自宅でのルールを外でも守らせるのはもちろんのこと。それでも、外食する、という「非日常的な出来事」は貴重な体験だ。家では食べさせてもらえないフライドポテトや、炭酸飲料がOKになる、など外食時でしかできない「例外」を作って楽しもう。

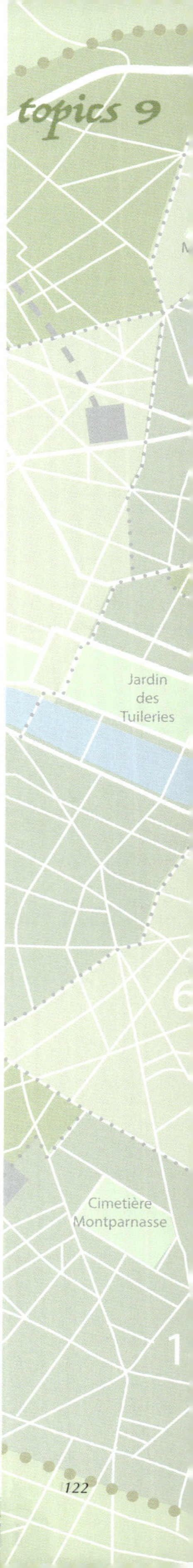

02 SUPERNATURE

スーペール・ナチュール

谷口さん一家のカンティーヌ的レストラン。自然派の食材選びで、「安心して子供に食べさせられる」のだそう。同じ通りの 12 番地には昼食用の食堂、8 番地には朝食用のテイクアウト専用店があるので、楽しみ方もたくさん。

住所：15 Rue de Trévise 75009 Paris
電話番号：01 42 46 58 04
メトロ：Grands Boulevards
営業時間：月～土 11：30 ～ 23：00
日はブランチのみ
http://www.super-nature.fr

01 BEABA

ベアバ

フランス発のベベグッズブランド。子供食関連からお出かけグッズまで、カラフルで楽しいアイテムが人気。フランス家庭では定番化しているグッズも多い（※日本では、電気製品は変圧器と共に使用してください）。

住所：33 Avenue de l'Opéra 75002 Paris
電話番号：01 44 50 53 15
メトロ：Pyramides
営業時間：月～土 10：00 ～ 19：30
定休日：日
http://www.beaba.com

05

03

04

02
03. 新鮮なビオ食材で作られた、カラフルなヴェリーヌたち。／04. 新鮮な上にボリュームも十分あり、お財布にも優しいので、学生にも大人気。／05. シンプルながらも遊び心のある店内。
03~05：© Yoichiro Uchino

02

01
01. カラフルで楽しい BEABA ワールドで、子供食もアイデアたっぷり。／02. オペラ通りに面する、フラッグショップ。 01.02：© BEABA

01

09

04
08. 子供時代にタイムスリップした気分になる。／09. 子供の頃よく食べていたおやつも素敵に変身。 08,09：© Le Club des 5

08

07

03
06. 家庭菜園のある中庭に面した明るい食堂内。お買い物後に一息つくのに最適。／07. 子供たちと楽しく食事ができる。 07,08：© MERCI

06

04 Le Club des 5

ル・クラブ・デ・サンク

幼馴染 5 人が子供時代の記憶を元に作り上げた店は、遊び心にあふれ家族連れでいつも賑わう。子供向けの食材なども使って調理される料理は、洗練されたお子様ランチのよう。ノスタルジーに浸る大人たちに大人気だ。

住所：57 Rue des Batignolles 75C17 Paris
電話番号：01 53 04 94 73
メトロ：Rome
営業時間：12：00 ～ 14：30、19：30 ～ 22：30 月は夜のみ、金・土は～23：30、土・日、祝日はブランチ 12:00 ～ 16:00（ブランチは予約不可） http://www.leclubdes5.fr

03 LA CANTINE MERCI

ラ・カンティーヌ・メルシ

おなじみの人気ショップ内、地下階にある食堂。「子供を連れて行きやすい」と、こちらも谷口さんのおすすめ。子供連れの客に慣れているので、とても親切に対応してくれ、ヘルシーでビオな子供用プレートも用意してくれるそう。

住所：111 Boulevard Beaumarchais 75003 Paris
電話番号：01 42 77 79 28
メトロ：Saint-Sébastien-Froissart
営業時間：月～土 10：00 ～ 19：00
定休日：日
http://www.merci-merci.com

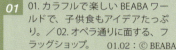

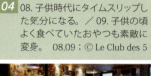

10

高石　綾子

Ayako Takaishi

ゆるやかなパリの空気の中で
仕事とアート活動を両立

profile

大学卒業後、外資系会社やヨーロッパの航空会社に勤めた後、1997 年にエールフランス航空の客室乗務員となり、渡仏。同時にフォトグラファーとしての活動を始め、2000 年を皮切りにフランスや日本で作品を発表している。

日本とパリを往復しながら、フォトグラファーとして活躍する高石綾子さん。

被写体を見つめ、自分自身と向き合う

被写体となるオブジェが並ぶ自宅兼スタジオ。

フランスの航空会社に勤める高石綾子さんは、客室乗務員としてフランスと日本を往復するかたわら、フォトグラファーとして作品を発表している。学生時代はカメラを手にアジアやヨーロッパの各国を旅し、仕事を機に、多国籍都市であるパリが生活の拠点となった。フイルムとモノクロにこだわり続ける高石さんの写真には、これまで肌で感じてきた街の空気が重なっているかのように、空間も時も超えた風景が広がっている。

写真と仕事のバランス

高石さんがパリに住み始めたのは、エールフランス航空の客室乗務員として就職したことがきっか

暗室で作業中の高石さん。フイルムでの撮影にこだわり、自分で現像している。
Ⓒ Bénédicte Paszkiewicz

けだ。「学生の頃から、海外に住みたいというあこがれは何となく抱いていました。」と振り返る。

カメラは、幼い頃から身近にあった。祖父が、古いカメラをコレクションし、暗室までつくるほどのカメラ好きだったからだ。大学生になると「バックパッカーをしたくなって、アルバイトでお金が貯まるたびに、古いニコン社製のカメラをもって旅に出ました」。訪れたのは、ニューヨーク、ロンドン、パリはもちろん、中国、インド、ネパール、インドネシアなど。多種多様な文化と人にふれ、人々と景色を撮影した。

大学卒業後は外資系の会社に就職したが、「外に出たい」という気持ちが徐々に強まった。航空会社に勤める人とも知り合い、客室乗務員の仕事についての話を聞く機会ができた。そんなとき、アジアを拠点とする航空会社が客室乗務員を募集していることを知り、応募。1年ほど勤務した後、エールフランス航空の客室乗務員の試験を受け、合格。1997年にパリに住まいを移した。

就業時間が希望に応じて調整できるため、自由な時間が比較的とりやすい。パリに住み始めるとすぐに、カメラを手に外に出て、写真を撮り、絵画を見て回った。古い引き伸ばし機を買って、アパルトマン（マンション）のキッチンに置いて使っていたこともあったそう。「仕事ばかりしていたら煮詰まってしまいますが、写真といううまったく違うことに向き合うことで、不満やストレスを忘れることができます」。仕事と大好きな写真を撮ること、その両者のほどよいバランスを実現できたのが、パリでの暮らしだったのだ。

02

01

04

03

01. ハンガリーの古道具店で見つけた中判カメラ。現在ももちろん現役だ。／02. リタッチ作業は自宅で行う。／03. 被写体となる静物。／04. 客室乗務員として出勤。制服を身に着けると、また雰囲気が変わる。

時も空間も超えた風景

パリに住むこと、フランス人と仕事をすることへの苦労をうかがうと、「文句はないですね。フランスの何となく〝ゆるい〟ところが自分に合っているんでしょうね」と笑う。フランス人には気難しくて冷たいというイメージもあるが、「みんな親切。私はいい出会いに恵まれたと思います」。

フランス人のやさしさに触れたのは、渡仏してすぐの頃。突然、難病にかかり、視力を失うという不幸に見舞われたときだ。1年間、会社を休み、入院と静養に充てた。「数回しか会ったことがない方が家に呼んでくれたり、寂しいだろうとクリスマスに招待してくれたり。あたたかさを感じました」。

静養中は、過去に撮影したフイルムを現像したり、作品をつくったりして時間を過ごした。そしてふらりと訪れたギャラリーで出会ったアーティストに、作品を発表すべきだとアドバイスされる。「後で知ったのですが、写真の世界ではとても重要な方だったんです」。つらい時期ではあったが、フォトグラファーとして本格的な活動を始めるきっかけを得たのも、この時期だった。

2000年に初めて展覧会に出品し、グループ展にも参加。当時は、メディウムという媒体を塗った木材や葉巻の箱に写真を焼き付けたり、2枚の写真を重ねて焼いたり、よりアーティスティックな作品が多かったそう。

パリを拠点にしたことで、東ヨーロッパなどの周辺国にも行きやすくなり、しばしば撮影旅行に出かけた。それらの作品をまとめた初めての風景シリーズ

「トランシュマンス」シリーズのひとつ。雨にぬれたパリの石畳と、傘に隠れた人々を上からとらえた作品。

01. 写真を銅板にする試みも進行中。／ 02. 展覧会のカタログ。／ 03. 祖父がコレクションしていたカメラは、今も大切な宝物。／ 04. リタッチ用のインク。／ 05. ブルゴーニュ地方アヴァロンでの展覧会。／ 06.1 枚ずつ時間をかけて確認する。

「Ｔｒａｎｓｈｕｍａｎｃｅ（トランシュマンス）」（フランス語で「移動牧畜」の意味）を発表する。

映っているのは、森へ続く道、壁に寄り添う野の花、水面、階段といった、街の風景の一部。墨絵のようにも見える写真のなかに人はほとんど映っていないが、静かな生の息遣いが聞こえるようで、想像力をかきたてる。「どこでもないし、どこでもある。時代も分からない。ドキュメンタリーではない、私的な風景です」。さまざまな国で、さまざまな風景と人のまなざしをファインダー越しに見つめてきた、高石さんならではの写真といえるだろう。

3年ほど前から興味を持っているのが、キューバ。パリとハバナ間の直行便があり、近年はフランスとキューバの経済関係が強化されていることから、フランスでも注目されている国だ。「いま大きく変わっているので、いまのうちに撮っておきたいんです」。今年の５月には６回目の訪問も果たし、風景だけでなく、人物も撮影。キューバをテーマにした写真展も予定している。

〝情報〟に流されない自由さ

風景の延長として、１年ほど前から「簡単そうで難しい」という静物を撮り始めた。陶器の花瓶やガラス瓶、ドライフラワー、果物など、古いものもあれば、誰もが持っている変哲のないものなど、モチーフはさまざま。背景はすべて、何もない壁だ。

自宅でオブジェを並べて、頭を空にして、見つめ、観察し、シャッターを押すべき瞬間を待つ。「主張のないものや、無の中にある形を見つけたいと思っています。その過程は座禅や瞑想ともいえます。人生も同じかもしれません」。

自分らしいリズムを保つことができるのが、まさにパリの良さだという。「日本に比べて看板や音といった〝情報〟が少ないところがいいのかな。言葉も、母国語の日本語と違って『分からない』フィルターを通して聞いているので、余計な情報が入ってこない。自由な考えの人も多いので、こうするべき、と縛られることもありませんし」。

「見る人を誘導してしまう気がするから」と、写真にタイトルはつけない。自分自身の眼で見つめ、本質を切りとった写真は、〝情報〟がなくても国や文化を超えて心に響く。さまざまな空気を透明な心で受け止め、しなやかに世界を駆け回る高石さんの生き方に重なるようだ。

01. モロッコで撮影した写真はまるで絵画。
02. 静謐な空気が漂う静物写真。
03. ニューヨークの風景。

多国籍なパリで味わう本格派エスニック

学生の頃にバックパッカーで世界各国を回った経験のある高石さん。食事があわなかった国はなかったそうで、パリでも多国籍な料理を楽しんでいる。

2年ほど前から住んでいる9区のアパルトマン（マンション）は、友人が住んでいたためよく訪れていたそう。「この界隈にあるおいしいレストランの話を聞いていたので、興味があったんです」。〝グルメ通り〟とも呼ばれているマルティール通りが近くにあり、人気のフランス料理レストランや質の高い食材店も多い。幸運にも友人宅の隣が空き、引っ越してきた。

友人とは、お互いに食事に招待しあう仲。「友人はフランス料理を、私は冬なら日本の鍋料理をふるまうことが多いですね」。高石さんの自宅兼アトリエには、カメラの道具の横に、しょうゆやゆずこしょう、ポン酢といった鍋に欠かせない食材がずらりと並んでいた。「米と梅干は必ず日本から持ってきます。だんだん和食が増えてきましたね」と笑う。

外食をするときには、エスニック料理を選ぶことも多い。たとえば、徒歩10分ほどの場所にある中国の雲南省の料理が味わえる「ル・ポン・ドゥ・ユンナン」。「辛すぎて食べられない料理もあるんですが、本格的な中華が味わえる貴重な店です」。さらに、手を使って食べるエチオピア料理「アディス・アベバ」、パンもその場で焼いてくれるタコス店「エル・ノパル」も自宅のすぐ近く。

別の界隈では「イタリアの田舎

01

02

03

04

01. 雲南省産のプーアル茶にごま団子を浮かべたデザート。／02.03. 看板メニューの「過橋米線」。熱いスープの入った土鍋に米麺や肉、魚を入れて味わう。／04. 本格的な雲南料理が味わえる。

の食材屋さんのような店構えで、感じのいいスタッフが味見をいっぱいさせてくれる」というサン・マルタン運河沿いのジェラート店「フランスの田舎のような石畳の通りにあって、食材も新鮮」な、サン・ジェルマン・デ・プレ地区のフランス料理店などもお気に入り。共通点は、こぢんまりとして、地元で食べている気分にさせてくれる店。同じ街にいながら世界を旅している気分を味わわせてくれる、それがパリの魅力でもある。

DATA

ル・ポン・ドゥ・ユンナン

Le Pont de Yunnan

住 所：15 rue de la Notre-Dame-de-Lorette 75009 Paris
電話番号：09 81 41 71 66
メトロ：Notre-Dame-de-Lorette
営業時間：火〜日 12：00 〜 14：30、19：00 〜 23：00　定休日：月
予算：ランチコース 10.5 ユーロ〜、アラカルト：前菜 4.9 ユーロ〜、メイン料理 7.9 ユーロ〜
http://le-pont-de-yunnan.wysifeed.fr

高石さんの他のおすすめレストラン

●アディス・アベバ
Addis Abeba

「インド風のカレーやクレープ風のパンがあり、興味深い料理ばかり。フォークやナイフは絶対出してくれないので、手で食べます」

住所：56 rue Notre-Dame-de-Lorette 75009 Paris
電話番号：01 42 80 06 78
メトロ：Saint Georges
営業時間：毎日 19：00 〜 24：00

02

01

01. エチオピアのスペシャリティーの盛り合わせ。酸味のあるクレープ風のパンに包んで食べる。／ 02. 夜のみ営業。

02

01

01. 明るい紫色の外観。／ 02. タコスは牛肉や豚肉など 3 種類の肉を選べる。トウモロコシのトルティーヤも自家製。

●エル・ノパル
El Nopal

「待つこともありますが、パンも具材もその場で作っていて、とてもおいしいです。タコスに挟む肉も 10 種類くらいの中から選べます。」

住所：5 rue Duperré 75009 Paris
電話番号：09 81 05 99 84
メトロ：Pigalle
営業時間：火〜金 12:00 〜 15:00、19:30 〜 23：00、土 12：00 〜 23:00、日 11：00 〜 17：00
定休日：月

topic 10

パリで異国の味めぐり

13区の中華街、10区のインド人街、18区のアフリカ人街。15区には韓国や、タイ料理の店が多いし、2区のオペラ界隈には日本人街もある。

メトロを出ると、異国の世界が広がっている。そう、パリは世界中から人が集まるコスモポリタンシティであり、世界中の料理が食べられる「食の都」でもある。

フランスの植民地であった国々から、数多くの民族が首都パリに移住してきた。近くは南ヨーロッパ、遠くはアフリカ、中近東、アジア、と移民の数は増え続け、パリは世界屈指の多国籍都市となった。

日本とは一味違うエスニック

移民たちの持ち込んだ料理は、食文化が異なる上に味にうるさいフランス人の口にも合うよう磨きをかけられた。例えば、辛い物が大の苦手という人が多いため、香辛料もあらかじめ控えめだ。

また、異国料理店で発見するフランス人の食習慣も面白い。例えば、たくさんのものを大勢で分け合う習慣がないため、中華料理店においても一人一品ずつ食べていたり、音を立てながら食べるのはお行儀が悪いとされているため、ラーメン屋においても麺を無音ですするか、恥ずかしそうに控えめな音しかたてなかったりする。

フランス料理を一休みして

どんなに美味しくても、毎日フランス料理を食べられるか、と聞かれたら、どうだろう。日本人にとって、アジア系はやっぱり癒しの食事だし、せっかくパリに来ているのだから、美味しいクスクスを食べてみたい、と思うのも食いしん坊旅行者だけではないだろう。概して安くて、量も多く、気取らないので、お財布の休憩にもちょうど良いのだ。

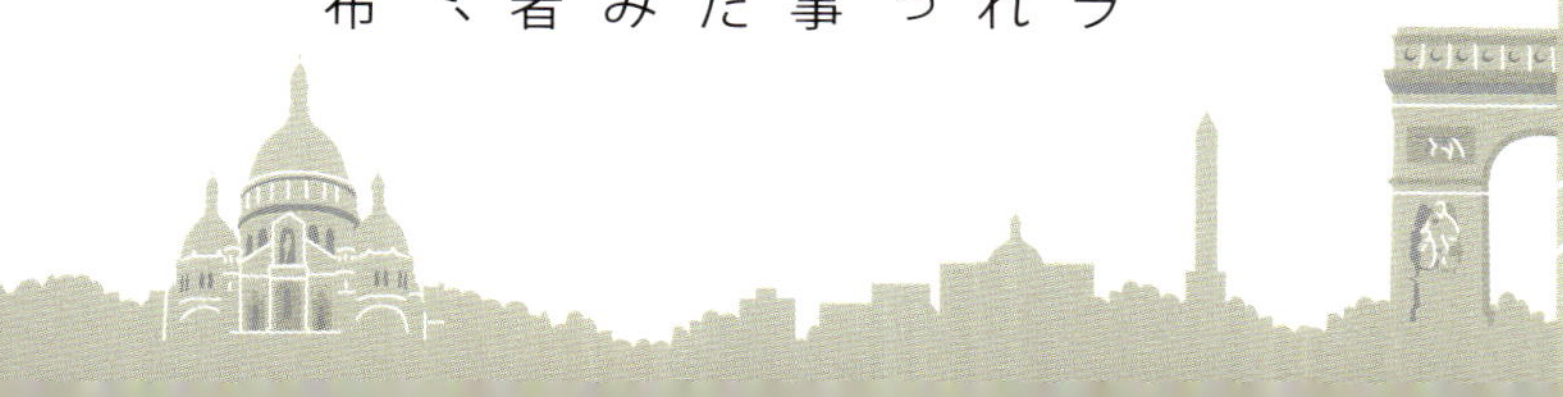

02 SAVANNAH CAFE

サバンナ　カフェ（レバノン料理）

レバノンの伝統料理を元に、地中海近辺の各国からインスピレーションを受け、あらゆるスパイスやハーブを取り入れて創作される品々を展開する。親日家のオーナー、リシャールさん人気もあり、日本人の常連客も多い。

住所：27 rue Descartes 75005 Paris
電話番号：01 43 29 45 77
メトロ：Cardinal Lemoine
営業時間：19：00 ～ 23：00
定休日：日
http://www.savannahcafe.fr

01 L'ORIENTAL

ロリエンタル

クスクス料理を食べたことのない日本人も一度行くとファンになるという、北アフリカ料理店。クスクスやタジン鍋はじめとする、美しく洗練された料理は料理評論家たちも、食しながら旅している気分、と大絶賛。

住所：47 avenue Trudaine 75009 Paris
電話番号：01 42 64 39 80
メトロ：Pigalle
営業時間：毎日 12：00 ～ 14：30（土・日は 15：00 まで）、19：00 ～ 23：00（金は 23：30 まで、土は 23：45 まで）
http://www.loriental-restaurant.com

02 04. 旅に出ているようなわくわく感あふれる愉快な店内。
05. 野菜もたっぷりのヘルシー料理。カラフルで楽しい。
04：© SAVANNAH CAFE
05：© Véronique FABRY

01 パリ滞在中に絶対食べたいクスクス（01）とタジン鍋（02）。／ 03. 高級感にあふれた店内。雰囲気作りも見事だ。
03：© L'Oriental

04
09. ベトナム風エビのソテー／ 10. レモングラス風味の鱈。
11. 仏セレブも多く通うという人気店だ。

09,10：© Philippe VAURES-SANTAMARIA
11：© AU COIN DES GOURMETS

03 06. 落ち着いた雰囲気の店内。木工細工が美しい。／絶品メニューから。クリスピーライスのサラダ（07）や、エビのグリーンカレー（08.）は是非トライしたい。

04 AU COIN DES GOURMETS - RIVE GAUCHE

オ・コワン・デ・グルメ・リブ・ゴーシュ（インドシナ料理）

ベトナム人兄弟経営の人気店。40 年近く、パリっ子たちにグルメなインドシナ料理を紹介してきた。上品かつ創造的な料理にはファンも多く、レシピ本も２冊出版されている。料理によく合うワインリストも充実。

住所：5 rue Dante 75005 Paris
電話番号：01 43 26 12 92
メトロ：Cluny-La Sorbonne
営業時間： 毎日 12：00 ～ 14：30、19：00 ～ 22：30、（日は夜 22：00 まで、月は夜のみ）
http://coindesgourmetsrivegauche.fr

03 CHIENG MAI

チェンマイ

パリ最古のタイ料理店のひとつとして、開店当初から変わらない伝統的な味を守り続けている。タイからの観光客も、本国でもなかなか巡り合えなくなったという「本物の味」を賞味しに必ず立ち寄るという。店員も皆とても親切だ。

住所：12 rue Frédéric Sauton 75005 Paris
電話番号： 01 43 25 45 45
メトロ：Maubert-Mutualité
営業時間：12：00 ～ 14：30、19：00 ～ 23：00
定休日：日

11

赤木 曠児郎

Kojiro Akagi

Paris, je t'aime...
Tour Eiffel (6) – sur ma terrasse 2015

赤い線に刻み込む
パリの歴史と変遷

profile

1934年、岡山生まれ。29歳でパリに渡る。日本繊維新聞でファッションジャーナリストとして活躍した後、画家に。2014年にフランス文化省芸術文化勲章シュヴァリエ受章。ソシエテ・ナショナル・デ・ボザール名誉副会長。

積み重ねられた歴史と新しさが共存する
パリを、50年にわたり描き続けている。

記憶を重ね、パリのすべてを描き続ける

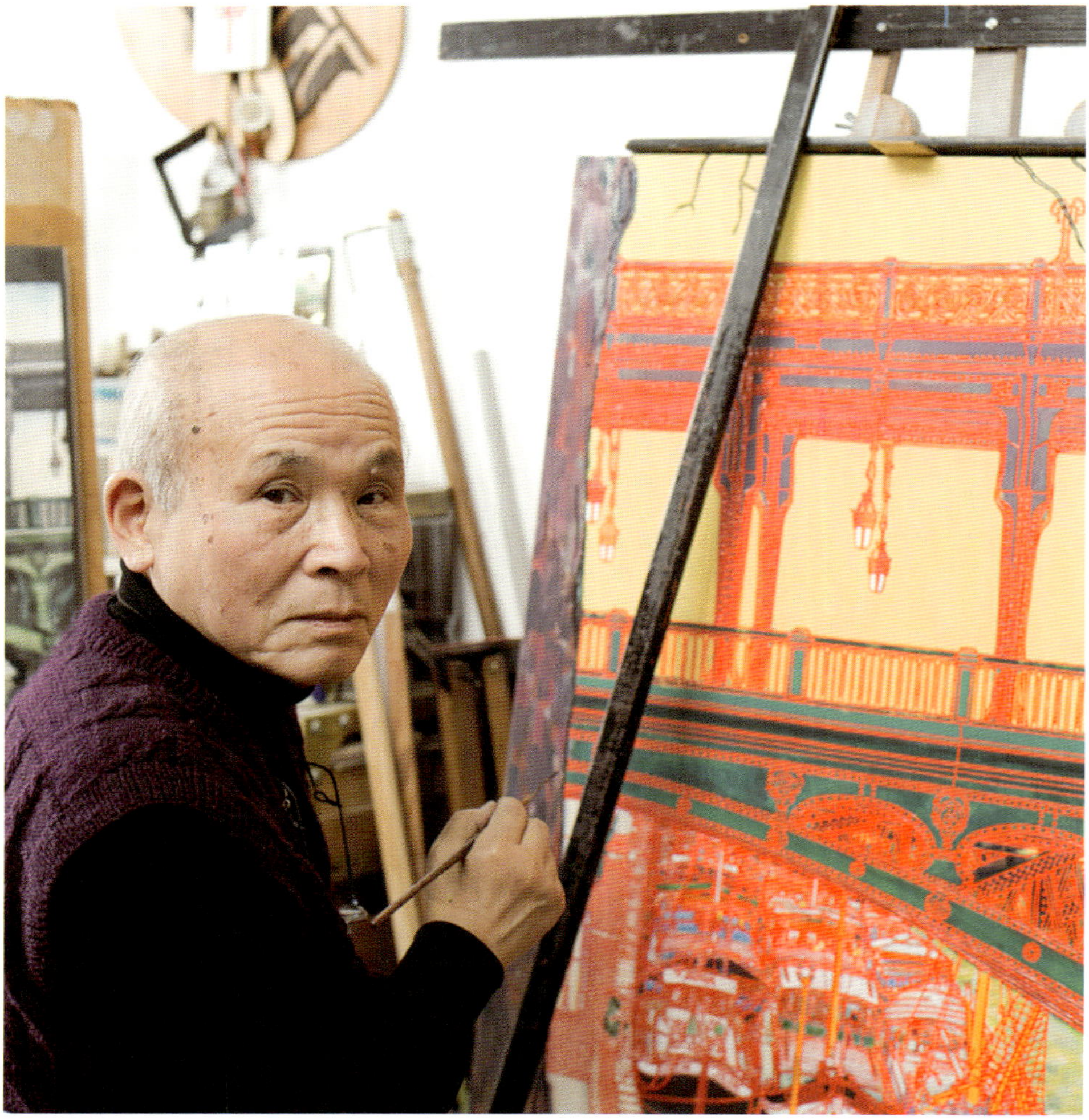

自宅のアトリエで仕上げを行う赤木さん。

〝アカギの赤〟と呼ばれる印象的な赤い線で、パリの風景を輪郭まで緻密に描きこむ画家・赤木曠児郎さん。1963年に渡仏し、1970年代にはファッション・ジャーナリストとしても活躍。プレタポルテを日本に初めて紹介したことでも知られる。「あと1年、あと1年と言っているうちに、あっという間に53年だ」と、豪快に笑う。一方で、「パリは、誰に習ったかではなく、自分だけの何かを持っていないと生きられない街」とも。重ねた時間の重みと、貫いてきた強い志がにじんだ。

歴史と変化が共存するパリ

描く題材は、パリのみ。「絵の

2010年12月に描いた油彩画『夕陽のコンコルド広場』（2010年）。画面を覆う力強い朱色の線が印象的だ。

ために美しい景色を探す人もいるが、僕の場合はモチーフをパリに絞って、自分のスタイルをつくりあげることを選んだ。対象を限定することで〝見る〟ことを覚えたのかもしれないな」。

パリの風景は、１００枚を目標に描き始め、現在およそ５３０枚に。素描原画を１００枚ずつ１冊の画集にまとめてきた画集『パリ・ダカギ（アカギのパリ）』も5巻を数えた。これまで描いた絵の中には、すでに存在しない建物や店、周囲が一変してしまった風景もたくさんある。歴史的な資料としての価値も認められ、パリ歴史博物館カルナヴァレ美術館に所蔵されているほどだ。

「歴史がある街であると同時に、次々と変化していく。だからパリはおもしろい。変わった〝いま〟、変わるパリを描きたい。終わりがない。だから郊外や地方に行く必要がないんだ」。

屋外でスケッチと水彩での色付けまでを行った後、自宅のアトリエで油絵に仕上げるのが、赤木さんのスタイル。写真ではなく、自分の目で、建物のしみもひびも、光も影も、看板に書かれた店名も電話番号も、目の前に見えるものすべて確認し、鉛筆と水彩で描く。ひとつの現場に足を運ぶ回数は、およそ30回。雨の日以外は毎日。作業時間は昔より減ったというが、いつも午後に現場に向かい、街灯がともるまでの３～４時間、冬は2時間半におよぶ。

「人間の集中力は限られているから難しいね。対象物や光の具合は刻一刻と変わっていくから、『いま描かないと』と思ってしまって、食べずに描き続けることもある。季節が変わると風景が変わるか

01. 2015年春から取り組んでいるのは、完成したばかりの公園。／02. ときには双眼鏡を使って細部までスケッチ。／03.「遊具を描いていると、子供が怪我をしないように設計されていることがわかる」と赤木さん。／04. 子供たちも興味しんしん。

ら、季節との闘いもあるな」。赤木さんにとっては、目の前の風景は、つねに〝いま〟なのだ。

思い出と時の重なり

　外でスケッチしていると、フランス人や子供たちに囲まれることもしばしば。おしゃべりなフランス人と話し出すときりがないため、話しかけられても、基本的には知らんぷり。「外国人だから言葉が分からないと思う人もいるから、外国人でよかったと思えるときかな」と笑う。「何度も通ううちに、住民が建物の由来や歴史を教えてくれることもある。「いろんな話が聞けておもしろいね」。

　一見どれも同じに見える古い建物も、かつては有名なアーティストのアトリエや家だったり、日本人の浮世絵ギャラリーがあった建物だったり、有名ブランドの工房があったりと、すべてにストーリーがある。歴史的な由来があれば、さらに興味が増す。

　パリの歴史も研究するため、自宅の床が抜けそうなほど書籍が山積みだそう。極細の線と油絵具の重なりには、赤木さん自身の思い出や時間の経過も重なっている。まさに〝アカギのパリ〟だ。

　パリの隅々まで知りつくした赤木さんだが、パリに住み始めた当初は「怖くてカフェにも入れなかった。だから、絵を描くのも家の窓や屋上から見える景色だけ」。当時の作品を見るとたしかに、アパルトマン（マンションやアパート）の屋根など、高い視点からの絵が多い。「黒っぽい絵で、暗い、陰気だと言われてね。風景をそのまま油絵に写すだけなら機械と同じだと、試行錯誤しているうちに、線を使って細かく描くように

公園に通い初めて5日目のデッサン。このあと25日ほどかけて、水彩で着色する。

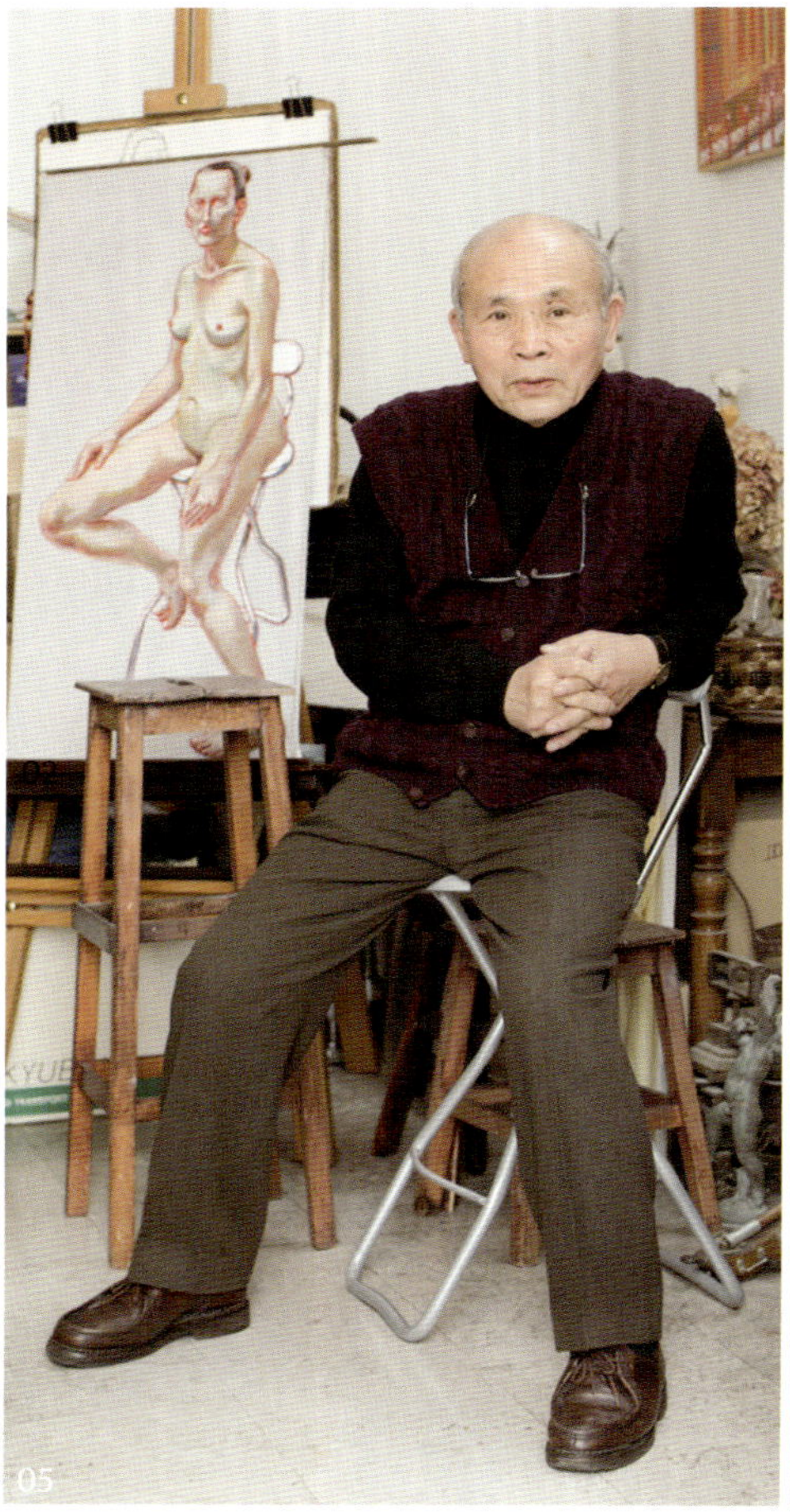

01. 革命祭に自宅の屋上から見たエッフェル塔と花火を描いた油彩画「14 juillet（7月14日）（2011年）。／02. スケッチに欠かせない道具。／03. ル・コルビュジエが1922年、パリ南部に建てたアトリエも描いたばかり。／04.05. 自宅アトリエにて。

なった。全体を真っ赤にしたこともあった。赤い線で描いてみたら、自分でも気に入ってね」。

細部まで線で表現するには、より詳細なデッサンが必要になる。情報が足りないから、現場に戻って、と繰り返していくうちに、現在のスタイルに。だれが見ても赤木さんの作品とわかる〝アカギのパリ〟が誕生する。1971年「ル・サロン」展で金賞を受賞したのを皮切りに、画家として頭角を現す。

芸術、ファッションの原点

同時に赤木さんはこのころ、ファッション・ジャーナリストとしても活躍していた。洋裁学校を運営する母親をもち、大学卒業後に洋服デザインを学んで、夫人とともに東京でオーダーメードの服をつくるなど、ファッション・デザイナーを志したこともあったという。１９７５年には、フランスモード産業振興の功労ジャーナリストとして「金の針（ピン）賞」も授与されている。

１９６０年代はプレタポルテ（既製服）が登場した時代。日本の百貨店のバイヤーも次々とパリを訪れ、赤木さんは通訳や仲介役として引っ張りだこに。パリじゅうの生地屋やアトリエ、ショールームを訪ねていた。「ふつうだったら入ることができないアパルトマンの中庭や内部を見ることができたことは、絵を描くときにも役にたったね。ふつうなら、外から見た外観を描くだけだから」。

「僕がやってきたことは、自分の目で見たものを確実に描き留めること。画家としては邪道だったかもしれないな」と笑うが、歴史とともに変遷を続けるパリだからこそ、赤木スタイルが確立できたともいえる。「芸術もファッションも、原点はやはりパリだと思う。百科事典の隣に暮らしているようなものだからね」。

１９６３年、１６０kgの荷物を抱えて船に乗り、１カ月がかりでフランスに到着したころ、日本製品は「安物・大量売り」と揶揄されていた。70〜80年代、世界に誇るモノづくり大国へと変わり、日本人に対するフランス人の見方も一変。「当時は努力するのが当たり前だった。いまは利益や効率だけを求めて、日本のいいところをつぶしている気がする。いいものは残る。だからこそ、いいものをつくり続けないといけないんだ」。そう自省するときが、いまだにあると語る。今年の夏には、パリ百景を版画にした『版画パリ百景』展を開催。描くべきパリの風景が、まだまだある。

夫人の香与さんと。共に渡仏してから50年以上にわたり、赤木さんを支え続けている。

変わらない味と笑顔を求めて

　真剣な画家のまなざしになったかと思えば、人懐こい笑顔で和ませる。そんな82歳の画伯の健康の秘訣は、毎日1杯のグラスワイン。最近はもっぱら赤ワインばかりを、夕食のときにたしなむそう。作品づくりには、体力も集中力も必要だが、「人間はおなかいっぱい食べて、しっかり寝るのが一番だ」。

　料理や買い物は、奥様に任せきり。カレーが食べたいという赤木さんのリクエストから、香辛料を買って自家製カレーをつくってくれたこともあったそう。「一時期とても凝って、レシピ本を買ってきて、いろいろなやり方を試していたね。手間をかけて作ってくれたのに、僕は文句ばっかり言っちゃって」。異国で支えあってきたご夫婦の仲がいい様子が伝わってくる。

　外食は、かつては自宅の周辺でするのがあまり好きではなかったそうだが、最近は奥様の体を気遣って料理の負担を減らそうと、「家から近いお店を開拓している」。選ぶ基準は、安くて、おいしいこと。

　1973年から住んでいるパリ15区は、観光スポットもない住宅地だが、20〜30年前から続くイタリア料理店やピザ店、インド料理店、アフリカのクスクス料理など、フランス料理以外の老舗店も多い。しかも開業当時から、本格的な味が味わえると評判の店ばかりだ。たとえば、カレーなら自宅から徒歩3分、1986年創業の「ミナ・マハル」へ。赤木さんは

01.「ミナ・マハル」で必ず注文するというエビカレー。バターライスを添えていただく。02.ほうれん草とチーズの濃厚なカレー。03.食後はスパイス入りのミルクティー「チャイ」で。04.長い付き合いのオーナーがいつも笑顔で迎えてくれる。

きまってエビ・カレーとバターライス、手ごろな価格のロゼワインを注文する。なじみのクスクス料理店は、女主人が最近引退してしまった、と寂しがる。飲食店の競争も激しいパリにあって、長く続く店には理由がある。赤木さんが求めるのは、店主の変わらぬ笑顔と安心の味なのだ。

DATA

ミナ・マハル

Mina Mahal

住所：25 rue Cambronne 75015 Paris
電話番号：01 73 20 22 78
メトロ：Cambronne
営業時間：毎日 12：00 ～ 14：30、19：00 ～ 23：30
予算：ランチコース　14.9 ユーロ、（平日のみ）
ディナーコース　23 ユーロ、33 ユーロ
アラカルト 前菜 5.9 ユーロ～、カレー 11.9 ユーロ～
http://www.minamahal-restaurant.fr

パリ南部、15 区の静かな住宅街にある。2015 年春に内装をリニューアルした。

赤木さんの他のおすすめレストラン

●ル・クロ・イグレック
Le Clos Y

「日本人シェフのフランス料理店。価格も抑えてあって、シェフの工夫が見える料理。大阪の本店 Le Clos にも何度も食べに行っています」

住所：27 Avenue du Maine 75015 Paris
電話番号：01 45 49 07 35
メトロ：Montparnasse-Bienvenüe
営業時間：火～土 12：00 ～ 14：00、19：00 ～ 22：00
http://www.leclosy.com

01.02. 夜のお任せコースの料理から。箸も用意されている。
03. シックな外観。
01,02：© Le Clos Y

●フェリーニ
Fellini

「30 年以上前から続くイタリア料理店。おいしいパスタを出してくれる、パリでは貴重なレストランとして有名」

住所：58 Rue de la Croix Nivert 75015 Paris
電話番号：01 45 77 40 77
メトロ：Commerce
営業時間：月～金 12：00 ～ 14：30、19：00 ～ 23：00
土 19:00 ～ 23:00
http://www.fellini.fr

01. 1984 年にオープン。イタリア人が迎えるアットホームな店だ。
02. ボンゴレのスパゲティなど、パスタは 15 品ほどそろう。

topic 11

パリ和食で日本を偲ぶ

フランス料理は美味しいけれど、パリに暮らす日本人も、短期間滞在の観光客も、落ち着くのは、なんといっても和食だ。和食ブームのパリでは、日本の食材も手に入りやすくなっている。そして、すっかり浸透しているSUSHIはもちろん、RAMEN，GYOZA，UDONといった、B級グルメ人気も定着してきた。

パリで日本の味を求めて

パリ在住の日本人は、近所のスーパーでも手に入るようなものを調理して、自宅で和食を作る。だが、同じ野菜でも西欧のものは、日本のものに比べて味が濃く、例えば出し汁で煮物を作ると味が違ってしまう。どうしても慣れ親しんだ味を再現したい時には、値段もかなり高くなるが、日本食材品店で、直入の日本の製品や野菜などを調達する。

在パリ日本人の憩いの場

オペラ座近くに、いわゆる日本人街と呼ばれるところがある。居酒屋から高級料理店まで、日本語の看板がずらりと並び、食事時間帯には行列していることも日常的な風景だ。在パリ歴が長くなると、店員や馴染みの客とも親しくなる。挨拶や情報交換はもちろんのこと、ただ「日本語を聞きに」足を向けることもあるのだ。

進化するパリの和食レストラン

和食人気もすっかり定着しているパリ。美しい懐石料理はもちろん、最近では日本のストリートフードにも関心が集まっている。フランス・ブランドのSUSHIチェーン店は既に浸透しているが、その他の日本を代表するB級グルメにも挑戦するフランス人経営者も登場し始めた。

フランス人の持つ肥えた舌を通して、解釈される和食。要注目だ。

02 MATCHAN

まっちゃん

「日本の焼肉屋をパリに」。在パリ歴40年の間、信頼関係を築き上げてきたまっちゃんだからこそ、入手可能な最高品質のフランス産肉。肉の味を引き立たせてくれるワインもまっちゃんラベルつきだ。ほっとする空間は、在パリ日本人の憩いの場だ。熱心なフランス人常連客も。

住所：55 Rue du Théâtre 75015 Paris
電話番号：01 45 77 03 50
メトロ： Dupleix
営業時間：12：00 ～ 14：00　19：00 ～ 22：00
（日は夜のみ 19：00 ～ 22：30）
定休日：水

01 KIOKO

京子食品

1972年開業当初から、日本の味が恋しくなる在パリ日本人たちに、日本から届く「本物」商品を届けてきた。パリのスーパーには置いていない日本特有の食材や、各地の名産品なども手に入るので、和食ファンのフランス人が後を絶たない。日本人旅行者はお粥をよく買っていくのだそう！

住所：46 rue des Petits Champs 75002 Paris
電話番号：01 42 61 33 66
メトロ：Pyramides
営業時間：10：30 ～ 20：00（日のみ 19：00 まで）
定休日：月
http://www.kioko.fr/jp

06

02

04. 黒いテーブルは、肉が美味しく見えるのだそう。／05. 厚くスライスされた肉は表面だけあぶり、中はレアでジューシーさを保つ。／06. お肉と良く合う赤ワインには、まっちゃんラベルが！

04

05

03

01

01

01.2階には、乾物や食器、包丁などが。／02. 客はフランス人が圧倒的に多いのだそう。／03.1階には生鮮品、調味料、お酒など。日本のスーパーみたいだ。

02

11

04

10. 自慢の醤油ラーメン。／11. 映画美術のプロに依頼して日本の横丁を再現した。
10,11：KODAWARI　RAMEN

10

09

07

03

ラーメンからシェフの料理コースまで、幅広く選べるのも人気の秘密だ。（07）昼の日替わり弁当。（08）3種盛り（夜）。／09. ポップな色使いが新鮮な店内。100席。　07~09：善

08

04 KODAWARI RAMEN

こだわりラーメン

日本で初めて食べたラーメンに衝撃を受け、この感動をパリで、と元パイロットのフランス人オーナーが2016年サンジェルマン地区にオープンした店。一歩足を踏み入れると、そこには懐かしき日本のラーメン横丁が。

住所：29 rue Mazarine 75006 Paris
メトロ：Mabillon
営業時間：火～日 12：00 ～ 14：00、19：00 ～ 22：00
（金土は 23：00 まで）
定休日：月
http://www.kodawari-ramen.com

03 ZEN

善

誰でも気軽に日本の美味しいものが食べられる店を、と在パリ歴の長いオーナーとシェフが2004年に開店。2009年にはミシュランより、パリ和食レストラン初のビブグルマン認定を受け、維持し続けている。

住所：8 rue de l'Echelle 75001 Paris
電話番号：01 42 61 93 99
メトロ：Palais Royal
営業時間：毎日 12：00 ～ 14：30（土・日・祝日は 15：00 時まで） 19：00 ～ 22：30
http://www.restaurantzenparis.fr/ja

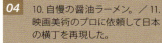

profile

1961年京都生まれ。故レナード・バーンスタイン、小澤征爾らに師事。ブザンソン指揮者コンクール優勝を皮切りに数々の賞を受賞。欧州を中心に世界中のオーケストラを多数指揮しながら、現在はトーンキュンストラー管弦楽団音楽監督を務める。

特別インタビュー

佐渡　裕

Yutaka Sado

人生を豊かにしてくれた街、パリ

パリに始まった指揮者としてのキャリア

日本での演奏会のために一時帰国中の佐渡さん。

日本が世界に誇る国際的指揮者、佐渡裕さん。パリ管弦楽団、ベルリン・ドイツ交響楽団、BBCフィルハーモニックなど、一流オーケストラへの客演を毎年多数重ねる。2011年ベルリン・フィルハーモニー管弦楽団、2013年ロンドン交響楽団にもデビューを果たすなど、ヨーロッパにおける活躍は目覚ましく、2015年にはオーストリアを代表するトーンキュンストラー管弦楽団音楽監督に就任。日本国内でも毎年12月に開催される「1万人の第九」の総監督・指揮、兵庫県立芸術文化センター芸術監督、テレビ朝日「題名のない音楽会」の司会を7年半務めるなどして絶大な人気を誇っている。

01. 仏語では指揮者も「シェフ」と言うことからユーモアをこめて作られたコンセール・ラムルー管弦楽団のカード。／02. 19 世紀から建つ劇場・シャトレ座で。／03. パリで過ごした 30 代後半の頃。／04. 最後の 3 年間住んだところはセーヌ川の近く。

君は神様から遣わされた

京都で生まれ育った佐渡さんは、ピアノや歌を教えていたお母さまのもと、いつも家で聞こえているクラシック音楽に合わせ、こたつの上でタクトに見立てた箸を振っているような音楽大好き少年だった。小学5年生の時にお年玉で初めて買ったレコードはバーンスタイン指揮によるニューヨーク・フィルハーモニック演奏のマーラー「交響曲第一番『巨人』」、小学校卒業文集にはすでに「ベルリン・フィルの指揮者になる」と書いていた。

そんな佐渡さんだが京都市立芸術大学で卒業をしたのはフルート科。いわく「どこの門下にも属さず自分流で指揮をしてきた、超・雑草」。しかしその才は1987年、アメリカのタングルウッド音楽祭に指揮者として参加した際、小澤征爾と故バーンスタインに見出される。これが、のちに巨匠バーンスタインをもって「神様から遣わされた」と言わしめたほどの才能溢れる指揮者・佐渡裕の誕生である。

その後、ウィーンにいたバーンスタインのもとで学び1989年「ブザンソン国際指揮者コンクール」において優勝。1992年にはフランス・ボルドーのオーケストラに第一客演指揮者として迎えられ、佐渡さんの指揮者としてのキャリアが始まる。同じ頃、日本のオーケストラにも呼ばれ始めた佐渡さんは、「日本にも帰りやすい」「ヨーロッパのどこに行くのにも便利」という理由から住居をパリに定めた。93年夏のことである。93年12月にはパリにあるコンセール・ラムール管弦楽団から「首席指揮者に」と求められ、ここから、2009年にドイツ・ベルリンに拠点を移すまで、17年間の佐渡さんのパリ生活が始まった。

強烈に美しい街

常々、「音楽家を目指す者は豊かな生活をしなくてはならない、それは貯金がいくらあるとかいう話ではなく、いい空間で生活するべきだ」と考えていた佐渡さんにとってパリは「強烈に美しい街」だった。「いい美術館がたくさんあり、毎日見ても飽きない美術品があり、こんなに美しいものがあったのかというような光景が毎日そこにあり、人々の美に対するセンスがものすごく高い街」。佐渡さんはあらゆる角度からその美を感じようとしたのだろうか、17年間の中でパリ市内を何度も引っ越している。「最後に住んだのは

身長187㎝の佐渡さんが指揮台に立つとひときわ大きく映える。
Ⓒ Takashi Iijima

「美術館、オーケストラ、スポーツ……パリって、街がものすごく楽しいんです。年中、みんなが夢中になれることがあるんです」。

カルチェラタンのあたりに3年間ほど。少し歩くとセーヌ川があり、オルセー美術館、ルーブル美術館が見えてくるんです」と思い浮かべる佐渡さんには、今また、パリの街を歩いているように街並みが見えているのだろう。車で走っても歩いても美しい、そして、ちょっと路地に入るとミニチュアカーの専門店があったり、小さな映画館があったり……大都会なのにそんなものも残っている、そこがまた魅力だと言う。

光への憧れ

「でもね、」と佐渡さんは続ける。

「パリと言えば、旅行会社の作るパンフレットには真っ青な空の下にそびえるエッフェル塔、なんていうものがよく載っているけれど、実際のパリは11月から3月なんて、ほとんど曇っているか雨が降っているか雪が降っているか、そんな日々が続くんです」と。そして「この、ものすごく日照時間の短い、暗い数カ月の間、人々は光に憧れ、春を迎えることに憧れる……この暗い中での光に対する強い憧れ、その憧れこそがものすごく美しい絵や音楽を創り出していると思うんです、これがパリのみならずヨーロッパの本質だと僕は思うんです」と。

佐渡さんいわく、楽譜とは建築でいえば設計図のようなもの。指揮者はその設計図を見て、作曲家のつくりあげた建築物を想像し、その音の風景に何を求めたのか、推理ゲームのように作曲家が音楽に込めたメッセージを探り当てるのだと言う。だから譜面をより深く理解するためには作曲家が過ごした場所に身を置いて、気候や風土を肌で感じることも大切だ、と。

01. ゴルフが大好きな佐渡さんにとって、日没の遅いフランスの夏、夕暮れ時のゴルフは至福。
02. パリの友人夫妻宅で佐渡さんの誕生日を祝ってホームパーティー。

佐渡さんは時に「もっとキラキラとまぶしい音を出してほしい」「雲間から日の光がさすように」と、そんな指示をオーケストラに出すことがあるらしい。思い出されるエピソードがある。小学生の時に初めて買ったレコードでマーラーの「巨人」ばかりを聞いていた佐渡裕少年は、来る日も来る日もそのレコードを聴くうちにイメージがどんどん湧いてきて、最後には怪獣の声が聞こえたり、正義の味方が登場してきたりしていた、というのだ。パリでの17年間はきっと、想像をはるかに超えるほど多彩なイマジネーションと音の風景をを佐渡さんに与えてくれたにちがいない。

人生を豊かにしてくれた街

「そしてこの暗い数カ月を過ぎるとね、」佐渡さんの顔も明るく晴れる。「5月に入った頃、空が真っ青に澄み渡り、春かと思ううちに間もなく初夏に向かい、湿度の低い透き通った空気が広がるんです。」夏になると、パリは日没時刻が遅く、夜10時頃でもまだ少し明るさが残るのだが、佐渡さんはこの長い長い夕暮れ時を懐かしむ。

多忙な中の貴重なオフ時間、ビール片手に絵画のように美しい夕焼け空を眺めたり、日没近い時間のゴルフを楽しんだりしたそうだ。「どうして17年間も住んだのだろうとふと思うこともありますが」と佐渡さんは笑いながらも、「この17年間、美しい街並みの中に暮らし、光への憧れを感じ、ものの見方がまったく違う人たちがいることを知ったことは、間違いなく僕の人生を豊かにしてくれました」と語った。

佐渡さんにとってパリの味

　現在、音楽監督を務めるトーンキュンストラー管弦楽団があるウィーンを拠点に世界を飛び回る佐渡さんだが、パリを懐かしむ味がある。一つは、ちょっとした街角のパン屋で買うバゲットやクロワッサンだ。これを一口食べた時の香ばしさと柔らかさ、そこには高級レストランやホテルで出されるパンにもかなわない美味しさがある、と。もう一つはフォアグラ。表面をカリッと、中心はとろっとレアにソテーされたフォアグラをパリで初めて食べた時は、今まで食べていたフォアグラは何だったのかとカルチャーショックを受けるほどの衝撃があったそうだ。

　そんな佐渡さんだが、当時、日常的に通っていたお店となると、やはり和食店や中華料理店が多い。和食だと17区の「きふね」。いいトロが入るとトロ好きの佐渡さんのために特別に「トロ丼」が作られたり、「佐渡さん特製味噌汁」が添えられたこともあったそう。馴染み客ならではの贅沢なご馳走である。演奏会後に行くことが多かったのは中華料理店だが、その場合「演奏会がある日曜日の、夜遅い時間まで営業している」「大人数で予約なしでも入れる」といくつかの条件がつき、その中で「美味しい店」の選択肢をいくつか持っていなければならないのだ。よく行ったのは13区中華街にある「シノラマ」。夜の2時までやっている。ここで演奏会の後に食べる鴨ラーメンや空芯菜が美味しかったそうだ。世界を飛び回る佐渡さんが演奏会のあとにほっと安心できるのは、やはりアジアの味だった。

DATA

きふね　KIFUNE
住所：44 rue Saint Ferdinand 75017 Paris
電話番号：01 45 72 11 19／メトロ：Porte Maillot
営業時間：12：00～14：00、19：00～22：00
定休日：日・月
http://kifune.fr

シノラマ　SINORAMA
住所：23 Rue du Dr Magnan 75013 Paris
電話番号：01 53 82 09 51
メトロ：Tolbiac
営業時間：毎日 12：00～15：00、18：30～25：30

03

01

04

02

01. 佐渡さん特製味噌汁。／02. 大将の高部航三さん。／03. シノラマの外観。／04. 鴨ラーメン 10 ユーロ（約 1200 円）。

3・11メモリアルコンサート@ユネスコ・パリ本部

© JAPONAIDE / KOZUMI HIGAKI　ノートルダム大聖堂で、スーパーキッズ・オーケストラを指揮。

　佐渡さんが東日本大震災からちょうど1年後の２０１２年3月11日（日）に、パリにあるボランティア団体「東北支援ＮＰＯ団体ジャポネード」と共に企画開催した「3・11メモリアルコンサート@ユネスコ・パリ本部」は今なおパリの人たちの心に残っている。このコンサートを通じて佐渡さんには伝えたい3つの思いがあった。海外からの援助への感謝、自然災害に見舞われた被災地の人たちが今なお抱える大変な思い、そして復興への願い、である。

　佐渡さんが日本から率いて、この公演で共演したのが、「スーパーキッズ・オーケストラ」。彼らは、阪神淡路大震災の復興のシンボルである兵庫県立芸術文化センターを拠点に活動する、全国から選ばれた優秀な子供たちの楽団だ。小学生を含むメンバーを金曜日に飛行機に乗せ、演奏会で演奏をさせて日曜日には帰路につかせるという大変なスケジュールであったが、佐渡さんが見てもらいたかったのは「災害に見舞われた街がやがて再生して劇場を持ち、そこで子供のオーケストラが育ち、心豊かな復興がなされている」という姿であった。

佐渡さんのそんな思いを受けて子供たちは金曜日の夜、シャルル・ドゴール空港に到着、そこから日本人のためのミサが開かれていたノートルダム大聖堂に直行、2000人の聴衆を前に奇跡的な演奏を披露したのである。到着直後の夜で体調が心配されていた小学生の女の子の演奏も堂々としたものだった。最後に花束をもって舞台に現れた大司教が佐渡さんにかけた言葉は、「この花束は、あの小さな女の子にあげてもいいかい？」佐渡さんが「もちろん！」と答え、少女に花束が手渡されると、大聖堂は大喝采に包まれた。

子供たちは、翌土曜日にはセーヌ川右岸に建つシャトレ座のホワイエにおいて演奏会をし、日曜日にはユネスコ本部のメモリアルコンサートにおいてピアニスト辻井伸行さんやフランスじゅうのトップメンバーを集めたドリームオーケストラたちとともに素晴らしい演奏をし、帰りの飛行機に乗ったのである。

パリの人たちが日本のために捧げてくれた祈りと、復興のシンボルとなった子供たちの頑張りと、佐渡さんの伝えたかった思いがみごとに響き合った奇跡の3日間であった。

02

03

01

01~03：Ⓒ JAPONAIDE / KOZUMI HIGAKI

01. メモリアルコンサート@ユネスコ本部での佐渡さんとスーパーキッズ・オーケストラ／02. ユネスコ本部での練習風景。／03. ピアノ演奏は辻井伸行さん。

あとがき

足掛け2年を要して、この本は完成しました。パリのグルメ本が毎年のように出版される中で幾度も頓挫、断念を考えたこともありました。制作のアイデアや励ましをいただいた坂茂さん、取材を終えて帰国された方、再取材に応じて下さった方々、出版に愛の手を差しのべて下さった比留川洋氏、東京―パリの空間を越えて難しい編集に尽力下さった細内律子氏、登場されたパリで輝いていらっしゃる憧れの皆さん。締めにはオペラの練習の合間を縫って取材に応じて下さった佐渡裕さん。多くの優しい方々の協力で世に出ることができ心から感謝の気持ちでいっぱいです。

平澤みどり

スタッフ

＜パリ＞

企画　平澤みどり
コーディネーター　齋藤・コレしおり
ライター　アトランさやか
三富千秋
高崎順子
平澤・シャトー絵美
撮影　新村真理
川端淳子
小田光
校正　天羽みどり

＜東京＞

企画　蛯原美和子
編集　細内律子
デザイン　清水ツユコ
ライター　薗部容子
撮影　三川ゆき江
アシスタント　浅川英子

※記載データは2016年8月のものです。電話番号は現地の番号で市外局番から掲載しています。移転、料金改定などにより内容が異なることや、臨時休業などで利用できないこともありますので、必ずお問い合わせ下さい。

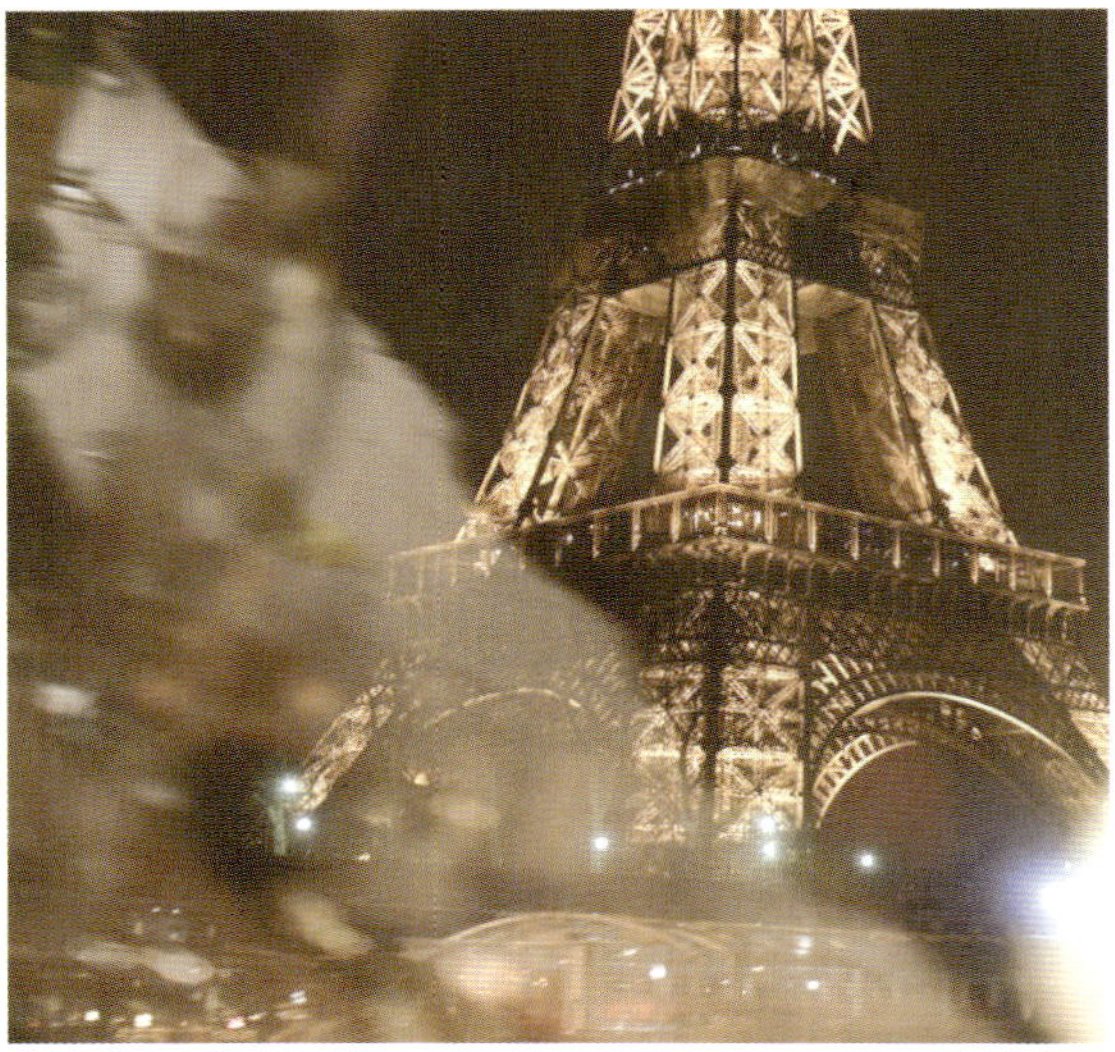

パリと私の物語

2016 年 11 月 13 日　初版第 1 刷

発行者　比留川　洋
発行所　株式会社　本の泉社

〒 113-0033　東京都文京区本郷 2-25-6
電話 03-5800-8494　FAX 03-5800-5353
http://www.honnoizumi.co.jp

出版後援　エフ・エム・エス
印刷　音羽印刷 株式会社
製本　株式会社 村上製本所

ISBN978-4-7807-1293-3

18
サクレ・クール寺院
北駅
東駅
10
19
ビュット・ショーモン
公園
2
1
3
20
11
ペール・ラシェーズ
公園
ブル美術館
4
ンブール
5
オステルリッツ駅
12
パリ植物園
リヨン駅
ベルシー
公園
ヴァンセンヌの森
13
スーリ
公園